BRIDA

PAULO COELHO

TRADUCCIÓN POR MONTSERRAT MIRA

rayo

Una rama de HarperCollins*Publishers*

Los libros de HarperCollins pueden ser adquiridos para uso educacional, comercial o promocional. Para recibir más información, diríjase a: Special Markets Department, HarperCollins Publishers, 195 Broadway, New York, NY 10007.

Este libro fue publicado originalmente en portugués en el año 1990 en Río de Janeiro por Editora Rocco. La traducción al español fue originalmente publicada en el año 1990 por Grupo Editorial Planeta, S.A.I.C.

RAYO, PRIMERA EDICIÓN EN PASTA BLANDA, 2009

Library of Congress ha catalogado la edición en inglés.

ISBN: 978-0-06-172543-2

14 15 16   PDF/RRD   10 9 8

© Javier González

PAULO COELHO nació en Brasil en 1947 y es uno de los autores con más influencia de hoy día. Conocido mundialmente por el bestseller internacional *El Alquimista*, ha vendido más de 75 millones de libros en todo el mundo que han sido traducidos a 62 idiomas y publicados en 150 países. Asimismo, ha recibido destacados premios y menciones internacionales como el Planetary Arts Award, el Cristal Award concedido por el Foro Económico Mundial, la prestigiosa distinción de Chevalier de l'Ordre National de la Légion D'Honneur del gobierno francés y el Bambi 2001 Award de Alemania. En 2002 se convirtió en miembro de la prestigiosa Academia Brasilera de Letras. A su vez, Paulo Coelho escribe una columna semanal que se publica en los periódicos más importantes de todo el mundo.

www.paulocoelho.com

Para
N. D. L., que realizó los milagros;
Christina, que forma parte de uno de ellos;
y Brida

¿O qué mujer que tenga diez dracmas, si se le pierde una, no enciende una lámpara y barre la casa, y la busca cuidadosamente hasta encontrarla? Y cuando la encuentra, reúne a las amigas y vecinas y les dice: «Alegraos conmigo; que ya encontré la dracma que se me había perdido.»

LUCAS 15, 8-9

En el libro *El Diario de un Mago*, cambié dos de las Prácticas de RAM por ejercicios de percepción que había aprendido en la época en que lidié con el teatro. Aunque los resultados fuesen rigurosamente los mismos, esto me valió una severa reprimenda de mi Maestro. «No importa si existen medios más rápidos o más fáciles; la Tradición jamás puede ser cambiada», dijo él.

A causa de eso, los pocos rituales descritos en Brida son los mismos practicados durante siglos por la Tradición de la Luna; una tradición específica, que requiere experiencia y práctica en su ejecución. Utilizar tales rituales sin orientación es peligroso, desaconsejable, innecesario, y puede perjudicar seriamente la Búsqueda Espiritual.

PAULO COELHO

Nos sentábamos todas las noches en un café, en Lourdes. Yo, un peregrino del Sagrado Camino de Roma, que tenía que andar muchos días en busca de mi Don. Ella, Brida O'Fern, controlaba determinada parte de este camino.

En una de esas noches resolví preguntarle si había experimentado una gran emoción al conocer determinada abadía, parte del camino en forma de estrella que los Iniciados recorren en los Pirineos.

—Nunca estuve allí —respondió.

Me quedé sorprendido. Al fin y al cabo, ella ya poseía un Don.

—Todos los caminos llevan a Roma —dijo Brida, usando un viejo proverbio para indicarme que los Dones podían ser despertados en cualquier lugar—. Hice mi Camino de Roma en Irlanda.

En nuestros encuentros siguientes, ella me contó la historia de su búsqueda. Cuando acabó, le pregunté si podría, algún día, escribir lo que había oído.

En un primer momento ella asintió. Pero, cada vez que nos encontrábamos, iba colocando un obstáculo. Me pidió que cambiase los nombres de las personas involucradas, quería saber qué tipo de gente lo leería, y cómo reaccionarían.

—No puedo saberlo —respondí—, pero creo que ésta no es la causa de tu preocupación.

—Tienes razón —dijo ella—. Es porque creo que es una experiencia muy particular. No sé si las personas podrán sacar algo provechoso de ella.

Éste es un riesgo que ahora corremos juntos, Brida. Un texto anónimo de la tradición dice que cada persona, en su existencia, puede tener dos actitudes: Construir o Plantar. Los constructores pueden demorar años en sus tareas, pero un día terminan aquello que estaban haciendo. Entonces se paran, y quedan limitados por sus propias paredes. La vida pierde el sentido cuando la construcción acaba.

Pero existen los que plantan. Éstos a veces sufren con las tempestades, las estaciones, y raramente descansan. Pero, al contrario que un edificio, el jardín jamás para de crecer. Y, al mismo tiempo que exige la atención del jardinero, también permite que, para él, la vida sea una gran aventura.

Los jardineros se reconocerán entre sí, porque saben que en la historia de cada planta está el crecimiento de toda la Tierra.

EL AUTOR

Irlanda
agosto 1983 - marzo 1984

Verano y otoño

—Quiero aprender magia —dijo la chica.

El Mago la miró. Jeans descoloridos, camiseta, y el aire de desafío que toda persona tímida acostumbra a usar cuando no debía. «Debo tener el doble de su edad», pensó. Y, a pesar de esto, sabía que estaba delante de su Otra Parte.

—Mi nombre es Brida —continuó ella—. Disculpe por no haberme presentado. Esperé mucho este momento, y estoy más ansiosa de lo que pensaba.

—¿Para qué quieres aprender magia? —preguntó él.

—Para responder algunas preguntas de mi vida. Para conocer los poderes ocultos. Y, tal vez, para viajar al pasado y al futuro.

No era la primera vez que alguien iba hasta el bosque para pedirle esto. Hubo una época en que había sido un Maestro muy conocido y respetado por la Tradición. Había aceptado varios discípulos, y creído que el mundo cambiaría en la medida en que él pudiese cambiar a aquellos que le rodeaban. Pero había cometido un error. Y los Maestros de la Tradición no pueden cometer errores.

—¿No crees que eres muy joven?

—Tengo veintiún años —dijo Brida—. Si quisiera aprender ballet ahora, ya me encontrarían demasiado vieja.

El Mago le hizo una seña para que lo acompañase. Los dos comenzaron a caminar juntos por el bosque, en silencio. «Es bonita —pensaba él, mientras las sombras de los árboles iban mudando rápidamente de posición porque el sol ya estaba cerca del horizonte—. Pero le doblo la edad.» Esto significaba que posiblemente iba a sufrir.

Brida estaba irritada por el silencio del hombre que caminaba a su lado; su última frase ni siquiera había merecido un comentario por parte de él. El suelo del bosque estaba húmedo, cubierto de hojas secas; ella también reparó en las sombras cambiantes y la noche cayendo rápidamente. Dentro de poco oscurecería, y ellos no llevaban ninguna linterna.

«Tengo que confiar en él —se alentaba a sí misma—. Si creo que él me puede enseñar magia, también he de creer que me puede guiar por un bosque.»

Continuaron caminando. Él parecía andar sin rumbo, de un lado para otro, cambiando de dirección sin que ningún obstáculo estuviese interrumpiendo su camino. Más de una vez anduvieron en círculos, pasando tres o cuatro veces por el mismo lugar.

«Quién sabe si me está probando.» Estaba resuelta a ir hasta el fin con aquella experiencia y procuraba demostrar que todo lo que estaba ocurriendo —inclusive las caminatas en círculo— eran cosas perfectamente normales.

Había venido desde muy lejos, y había esperado mucho aquel encuentro. Dublín quedaba a casi 150 kilómetros de distancia, y los autobuses hasta aquella aldea eran incómodos y salían en horarios absurdos. Tuvo que levantarse temprano, viajar tres horas, preguntar por él en la pequeña ciudad, explicar lo que deseaba con un hombre tan extraño. Finalmente le indicaron la zona del bosque donde él acostumbraba estar durante el día, pero no sin antes alguien prevenirla de que él ya había intentado seducir a una de las mozas de la aldea.

«Es un hombre interesante», pensó para sí. El camino ahora era una subida y ella comenzó a desear que el sol se demorase aún un poco más en el cielo. Tenía miedo de resbalar en las hojas húmedas que estaban en el suelo.

—¿Por qué quieres aprender magia?

Brida se alegró de que el silencio se rompiera. Repitió la misma respuesta de antes.

Pero a él no le satisfizo.

—Quizá quieras aprender magia porque es misteriosa y oculta. Porque tiene respuestas que pocos seres humanos consiguen encontrar en toda su vida. Pero, sobre todo, porque evoca un pasado romántico.

Brida no dijo nada. No sabía qué decir. Se quedó deseando que él volviese a su silencio habitual porque tenía miedo de dar una respuesta que no gustase al Mago.

Llegaron finalmente a lo alto de un monte, después de atravesar el bosque entero. El terreno allí tornábase rocoso y desprovisto de cualquier vegetación; pero era menos resbaladizo, y Brida acompañó al Mago sin ninguna dificultad.

Él se sentó en la parte más alta, y pidió a Brida que hiciese lo mismo.

—Otras personas ya estuvieron aquí antes —dijo el Mago—. Vinieron a pedirme que les enseñase magia. Pero yo ya enseñé todo lo que necesitaba enseñar, ya devolví a la Humanidad lo que ella me dio. Hoy quiero quedarme solo, subir a las montañas, cuidar las plantas y comulgar con Dios.

—No es verdad —respondió la chica.

—¿Qué no es verdad? —Él estaba sorprendido.

—Quizá quiera comulgar con Dios. Pero no es verdad que quiera quedarse solo.

Brida se arrepintió. Dijo todo aquello impulsivamente y

ahora era demasiado tarde para remediar su error. Tal vez existiesen personas a quienes les gustase quedarse solas. Tal vez las mujeres necesitasen más a los hombres que los hombres a las mujeres.

El Mago, no obstante, no parecía irritado cuando volvió a hablar.

—Voy a hacerte una pregunta —dijo—. Tienes que ser absolutamente sincera en tu respuesta. Si me dices la verdad, te enseñaré lo que me pides. Si mientes, nunca más debes volver a este bosque.

Brida respiró aliviada. Era tan sólo una pregunta. No precisaba mentir, eso era todo. Siempre consideró que los Maestros, para aceptar a sus discípulos, exigían cosas más difíciles.

Se sentó enfrente de ella. Sus ojos estaban brillantes.

—Supongamos que yo empiece a enseñarte lo que aprendí —dijo, con los ojos fijos en los de ella—. Comience a mostrarte los universos paralelos que nos rodean, los ángeles, la sabiduría de la Naturaleza, los misterios de la Tradición del Sol y de la Tradición de la Luna. Y cierto día, vas hasta la ciudad para comprar algunos alimentos y encuentras en mitad de la calle al hombre de tu vida.

«No sabría reconocerlo», pensó ella. Pero resolvió quedarse callada; la pregunta parecía más difícil de lo que había imaginado.

—Él percibe lo mismo y consigue acercarse a ti. Os enamoráis. Tú continúas tus estudios conmigo, yo te muestro la sabiduría del Cosmos durante el día, él te muestra la sabiduría del Amor durante la noche. Pero llega un determinado momento en que ambas cosas ya no pueden seguir andando juntas. Necesitas escoger.

El Mago paró de hablar por algunos instantes. Incluso antes de preguntar, tuvo miedo de la respuesta de la joven. Su venida, aquella tarde, significaba el final de una etapa en la vida de ambos. Él lo sabía, porque conocía las tradiciones y los designios de los Maestros. La necesitaba tanto como ella a él. Pero ella debía decir la verdad en aquel momento; era la única condición.

—Ahora respóndeme con toda franqueza —dijo, al fin, tomando coraje—. ¿Dejarías todo lo que aprendiste hasta entonces, todas las posibilidades y todos los misterios que el mundo de la magia te podría proporcionar, para quedarte con el hombre de tu vida?

Brida desvió los ojos de él. A su alrededor estaban las montañas, los bosques y, allí abajo, la pequeña aldea comenzaba a encender sus luces. Las chimeneas humeaban, dentro de poco las familias estarían reunidas en torno a la mesa para cenar. Trabajaban con honestidad, temían a Dios, y procuraban ayudar al prójimo. Sus vidas estaban explicadas, eran capaces de entender todo lo que pasaba en el Universo, sin jamás haber oído hablar de cosas como la Tradición del Sol y la Tradición de la Luna.

—No veo ninguna contradicción entre mi búsqueda y mi felicidad —dijo ella.

—Responde a lo que te he preguntado. —Los ojos del Mago estaban fijos en los de ella—. ¿Abandonarías todo por esa persona?

Brida sintió unas ganas inmensas de llorar. No era apenas una pregunta, era una elección, la elección más difícil que las personas tienen que hacer en toda su vida. Ya había pensado mucho sobre esto. Hubo una época en que nada en el mundo era tan importante como ella misma. Tuvo muchos novios, siempre creyó que amaba a cada uno de ellos, y siempre vio al amor acabarse de un momento a otro. De todo lo que conocía hasta entonces, el amor era lo más difícil. Actualmente estaba enamorada de alguien que tenía poco más que su edad, estudiaba Física y veía al mundo de manera totalmente diferente a la de ella. Nuevamente estaba creyendo en el amor, apostando en sus sentimientos, pero se había decepcionado tantas veces que ya no estaba segura de nada. Pero, aun así, ésta continuaba siendo la gran apuesta de su vida.

Evitó mirar al Mago. Sus ojos se fijaron en la ciudad con sus chimeneas humeando. Era, a través del amor, como todos procuraban entender el universo desde el comienzo de los tiempos.

—Yo abandonaría —dijo finalmente.

Aquel hombre que estaba frente a ella jamás entendería lo que pasaba en el corazón de las personas. Era un hombre que conocía el poder, los misterios de la magia, pero no conocía a las personas. Tenía los cabellos grisáceos, la piel quemada por el sol, el físico de quien está acostumbrado a subir y bajar aquellas montañas. Era encantador, con unos ojos que reflejaban su alma, llena de respuestas, y debía estar una vez más decepcionado con los sentimientos de los seres humanos comunes. Ella también estaba decepcionada consigo misma, pero no podía mentir.

—Mírame —dijo el Mago.

Brida estaba avergonzada. Pero, aun así miró.

—Has dicho la verdad. Te enseñaré.

La noche cayó por completo, y las estrellas brillaban en un cielo sin luna. En dos horas, Brida contó su vida entera a aquel desconocido. Intentó buscar hechos que explicasen su interés por la magia —como visiones en la infancia, premoniciones, llamadas interiores—, pero no consiguió encontrar nada. Tenía ganas de conocer, y eso era todo. Y por este motivo había frecuentado cursos de astrología, tarot y numerología.

—Esto son apenas lenguajes —dijo el Mago— y no son únicos. La magia habla todos los lenguajes del corazón del hombre.

—¿Qué es la magia, entonces? —preguntó ella.

A pesar de la oscuridad, Brida percibió que el Mago había girado el rostro. Estaba mirando al cielo, absorto, quién sabe si en busca de una respuesta.

—La magia es un puente —dijo, finalmente—. Un puente que te permite ir del mundo visible hacia el invisible. Y aprender las lecciones de ambos mundos.

—Y, ¿cómo puedo aprender a cruzar ese puente?

—Descubriendo tu manera de cruzarlo. Cada persona tiene su manera.

—Fue lo que vine a buscar aquí.

—Existen dos formas —respondió el Mago—. La Tradición del Sol, que enseña los secretos a través del Espacio, de las cosas que nos rodean. Y la Tradición de la Luna, que enseña los secretos a través del Tiempo, de las cosas que están presas en su memoria.

Brida había entendido. La Tradición del Sol era aquella noche, los árboles, el frío en su cuerpo, las estrellas en el cielo. Y la Tradición de la Luna era aquel hombre frente a ella, con la sabiduría de los antepasados brillando en sus ojos.

—Aprendí la Tradición de la Luna —dijo el Mago, como si estuviese adivinando sus pensamientos—. Pero jamás fui un Maestro en ella. Soy un Maestro en la Tradición del Sol.

—Muéstreme la Tradición del Sol —dijo Brida, desconfiada, porque había presentido una cierta ternura en la voz del Mago.

—Te enseñaré lo que aprendí. Pero son muchos los caminos de la Tradición del Sol.

«Es preciso tener confianza en la capacidad que cada persona tiene de enseñarse a sí misma.»

Brida no estaba equivocada. Había realmente ternura en la voz del Mago. Aquello la asustaba, en vez de tranquilizarla.

—Soy capaz de entender la Tradición del Sol —dijo.

El Mago dejó de mirar a las estrellas y se concentró en la

chica. Sabía que ella todavía no era capaz de aprender la Tradición del Sol. Aun así, debía enseñarle. Ciertos discípulos eligen a sus Maestros.

—Quiero recordarte una cosa, antes de la primera lección —dijo—. Cuando alguien encuentra su camino, no puede tener miedo. Tiene que tener el coraje suficiente para dar pasos errados. Las decepciones, las derrotas, el desánimo, son herramientas que Dios utiliza para mostrar el camino.

—Herramientas extrañas —dijo Brida—. Muchas veces hacen que las personas desistan.

El Mago conocía el motivo. Ya había experimentado en su cuerpo y alma estas extrañas herramientas de Dios.

—Enséñeme la Tradición del Sol —insistió ella.

El Mago le pidió a Brida que se recostara en un saliente de la roca y se relajara.

—No necesitas cerrar los ojos. Mira el mundo a tu alrededor, y percibe todo cuanto puedas percibir. A cada momento, ante cada persona, la Tradición del Sol muestra la sabiduría eterna.

Brida hizo lo que el Mago le mandaba, pero pensó que estaba yendo muy rápido.

—Ésta es la primera y más importante lección —dijo él—. Fue creada por un místico español, que entendió el significado de la fe. Su nombre era Juan de La Cruz.

Miró a la chica, entregada y confiante. Desde el fondo de su corazón, imploró que ella entendiese lo que iba a enseñarle. A fin de cuentas, ella era su Otra Parte, aun cuando todavía no lo supiera, aun cuando todavía fuese demasiado joven y estuviera fascinada por las cosas y por las personas del mundo.

Brida llegó a ver, a través de la oscuridad, la figura del Mago entrando en el bosque y desapareciendo entre los árboles que había a su izquierda. Tuvo miedo de quedarse sola allí, y procuró mantenerse relajada. Ésta era su primera lección, no podía mostrar ningún nerviosismo.

«Él me aceptó como discípula. No puedo decepcionarlo.»

Estaba contenta consigo misma y al mismo tiempo sorprendida por la rapidez con que todo había sucedido. Pero jamás había dudado de su capacidad —estaba orgullosa de ella—, y de lo que la había llevado hasta allí. Estaba segura de que, desde algún lugar de la roca, el Mago estaba observando sus reacciones, para ver si era capaz de aprender la primera lección de magia. Él había hablado de coraje, pues, hasta con miedo —en el fondo de su mente comenzaban a surgir imágenes de serpientes y escorpiones que habitaban aquella roca—, ella debía demostrar valor. Dentro de poco él volvería, para enseñarle la primera lección.

«Soy una mujer fuerte y decidida», repitió, en voz baja, para sí misma. Era una privilegiada por estar allí, con aquel hombre, a quien las personas adoraban o temían. Revivió toda la tarde que habían pasado juntos, se acordó del momento en que percibió alguna ternura en su voz. «Quién sabe si también me encontró una mujer interesante. Tal vez incluso quisiera hacer el amor conmigo.» No sería una mala experiencia; había algo extraño en sus ojos.

«Qué pensamientos tan tontos.» Estaba allí, detrás de algo muy concreto −un camino de conocimiento− y, de repente, se percibía a sí misma como una simple mujer. Procuró no pensar más en esto y fue cuando se dio cuenta de que ya había pasado mucho tiempo desde que el Mago la dejara sola.

Comenzó a sentir un inicio de pánico; la fama que corría respecto a ese hombre era contradictoria. Algunas personas decían que había sido el más poderoso Maestro que jamás conocieran, que era capaz de cambiar la dirección del viento, de abrir agujeros en las nubes, utilizando apenas la fuerza del pensamiento. Brida, como todo el mundo, quedaba fascinada por prodigios de esa naturaleza.

Otras personas, sin embargo −personas que frecuentaban el mundo de la magia, los mismos cursos y clases que ella frecuentaba−, garantizaban que él era un hechicero negro, que cierta vez había destruido a un hombre con su Poder porque se había enamorado de la mujer de ese hombre. Y había sido por esa causa que, a pesar de ser un Maestro, había sido condenado a vagar en la soledad de los bosques.

«Quizá la soledad lo haya enloquecido más aún», y Brida comenzó a sentir de nuevo un inicio de pánico. A pesar de su juventud, ya conocía los daños que la soledad era capaz de causar en las personas, principalmente cuando se hacían mayores. Había encontrado personas que habían perdido todo el brillo de vivir porque no conseguían ya luchar contra la soledad, y acabaron viciadas en ella. Eran, en su mayoría, personas que consideraban al mundo un lugar sin dignidad y sin gloria, que gastaban sus tardes y noches hablando sin parar de los errores que los otros habían cometido. Eran personas a quienes la soledad había convertido en jueces del mundo, cuyas sentencias se esparcían a los cuatro vientos, para quien las quisiere oír. Tal vez el Mago hubiera enloquecido con la soledad.

De repente, un ruido más fuerte a su lado la sobresaltó, e hizo que su corazón se disparase. Ya no había ningún vestigio del abandono en que se encontraba antes. Miró a su alrededor sin distinguir nada. Una ola de pavor parecía nacer desde su vientre y difundirse por el cuerpo entero.

«Tengo que controlarme», pensó, pero era imposible. La imagen de las serpientes, de los escorpiones, los fantasmas de su infancia, comenzaron a aparecer frente a ella. Brida estaba demasiado aterrorizada para conseguir mantener el control. Otra imagen surgió: la de un hechicero poderoso, con un pacto demoníaco, que estaba ofreciendo su vida en holocausto.

–¿Dónde estás? –gritó finalmente. Ya no quería impresionar a nadie. Todo lo que quería era salir de allí.

Nadie respondió.

–¡Quiero salir de aquí! ¡Socorro!

Pero sólo estaba el bosque, con sus ruidos extraños. Brida se sintió desfallecer de miedo, creyó que iba a desmayarse. Pero no podía; ahora que tenía la certeza de que él estaba lejos, desmayarse sería peor. Tenía que mantener el control de sí misma.

Este pensamiento le hizo descubrir que alguna fuerza dentro de ella estaba luchando para mantener el control. «No puedo continuar gritando», fue lo primero que pensó. Sus gritos podían llamar la atención de otros hombres que vivían en aquel bosque, y hombres que viven en bosques pueden ser más peligrosos que animales salvajes.

«Tengo fe –comenzó a repetir, bajito–. Tengo fe en Dios, en mi Ángel de la Guarda, que me trajo hasta aquí y permanece conmigo. No sé explicar cómo es, pero sé que él está cerca. No tropezaré en ninguna piedra.»

La última frase era de un Salmo que aprendió en la infancia y que hacía muchos años que no repetía. Su abuela, muerta poco tiempo atrás, se lo había enseñado. Le hubiera gustado tenerla cerca en aquel momento; inmediatamente sintió una presencia amiga.

Estaba empezando a entender que había una gran diferencia entre peligro y miedo.

«Lo que habita en el escondrijo del Altísimo...», así comenzaba el Salmo. Notó que estaba acordándose de todo, palabra por palabra, exactamente como si su abuela estuviese recitando en aquel instante para ella. Recitó durante algún tiempo, sin parar, y, a pesar del miedo, se sintió más tranquila. No tenía otra elección; o confiaba en Dios, en su Ángel de la Guarda, o se desesperaba.

Sintió una presencia protectora. «Necesito creer en esta presencia. No sé explicarla, pero existe. Y permanecerá conmigo toda la noche, porque yo sola no sé salir de aquí.»

Cuando era pequeña, solía despertarse en mitad de la noche, espantada. Su padre, entonces, iba con ella hasta la ventana y le mostraba la ciudad donde vivían. Le hablaba de los guardas nocturnos, del lechero que ya estaba entregando la leche, del panadero haciendo el pan de cada día. Su padre le pedía que expulsara a los monstruos que había colocado en la noche y los sustituyera por estas personas, que vigilaban la oscuridad. «La noche no es más que una parte del día», decía.

La noche no era más que una parte del día. Y del mismo modo que se sentía protegida por la luz, podía sentirse protegida por las tinieblas. Las tinieblas hacían que ella invocase aquella presencia protectora. Tenía que confiar en ella. Y esa confianza se llamaba Fe. Nadie jamás podría entender la Fe. La Fe era exactamente aquello que estaba sintiendo ahora, una zambullida sin explicación en una noche oscura como aquélla. Existía sólo porque se creía en ella. Así como los milagros tampoco tenían ninguna explicación, pero sucedían para quien creía en ellos.

«Él me habló de la primera lección», dijo ella, de repente, dándose cuenta. La presencia protectora estaba allí, porque creía en ella. Brida empezó a sentir el cansancio de tantas horas de tensión. Comenzó a relajarse de nuevo, y se sintió cada momento más protegida.

Tenía fe. Y la fe no dejaría que el bosque fuese de nuevo poblado por escorpiones y serpientes. La fe mantendría a su Ángel de la Guarda despierto, velando.

Se recostó otra vez en la roca, y se durmió sin darse cuenta.

Cuando despertó ya había aclarado, y un lindo sol coloreaba todo a su alrededor. Tenía un poco de frío, la ropa sucia, pero su alma se sentía feliz. Había pasado una noche entera, sola, en un bosque.

Buscó con los ojos al Mago, aun sabiendo la inutilidad de su gesto. Él debía estar andando por los bosques, procurando «comulgar con Dios», y quizá preguntándose si aquella chica de la noche anterior tuvo el coraje de aprender la primera lección de la Tradición del Sol.

—Aprendí sobre la Noche Oscura —dijo ella al bosque, que ahora estaba silencioso—. Aprendí que la búsqueda de Dios es una Noche Oscura. Que la Fe es una Noche Oscura.

«No fue sorpresa. Cada día del hombre es una Noche Oscura. Nadie sabe lo que va a pasar el próximo minuto, e, incluso así, las personas van hacia adelante. Porque confían. Porque tienen Fe.»

O, quién sabe, porque no perciben el misterio encerrado en el próximo segundo. Pero esto no tenía la menor importancia, lo importante era saber que ella había entendido.

Que cada momento en la vida era un acto de fe.

Que podía poblarlo con serpientes y escorpiones, o con una fuerza protectora.

Que la fe no tenía explicaciones. Era una Noche Oscura. Y tan sólo cabía a ella aceptarla o no.

Brida miró el reloj y vio que ya se estaba haciendo tarde. Tenía que tomar un autobús, viajar durante tres horas y pensar algunas explicaciones convincentes para dar a su novio; jamás se creería que ella había pasado la noche entera, sola, en un bosque.

—¡Es muy difícil la Tradición del Sol! —le gritó al bosque—. ¡Tengo que ser mi propia Maestra, y no era esto lo que yo esperaba!

Miró hacia la pequeña ciudad, allá abajo, trazó mentalmente su camino por el bosque y empezó a andar. Antes, no obstante, se giró nuevamente hacia la roca.

—Quiero decir otra cosa —gritó con voz suelta y alegre—. Eres un hombre muy interesante.

Recostado en el tronco de un viejo árbol, el Mago vio cómo la chica se perdía en el bosque. Había escuchado su miedo y oído sus gritos durante la noche. En algún momento llegó a pensar en aproximarse, abrazarla, protegerla de su pavor, decirle que ella no necesitaba aquel tipo de desafío.

Ahora estaba contento de no haberlo hecho. Y orgulloso de que aquella chica, con toda su confusión juvenil, fuese su Otra Parte.

En el centro de Dublín existe una librería especializada en los tratados de ocultismo más avanzados. Es una librería que jamás hizo publicidad alguna en diarios ni revistas: las personas sólo llegan allí recomendadas por otras, y el librero queda contento, porque tiene un público selecto y especializado.

Aun así, la librería está siempre llena. Después de oír hablar mucho de ella, Brida finalmente consiguió la dirección por medio del profesor de un curso de viaje astral al que estaba asistiendo. Fue allí una tarde, después del trabajo, y quedó encantada con el lugar.

Desde entonces siempre que podía iba a ver los libros: apenas mirarlos, porque eran todos importados y muy caros. Acostumbraba a hojearlos uno por uno, prestando atención a los dibujos y símbolos que algunos volúmenes traían, y sintiendo intuitivamente la vibración de todo aquel conocimiento acumulado. Después de la experiencia con el Mago se había vuelto más cautelosa. A veces se enfadaba consigo misma porque sólo conseguía participar en las cosas que podía entender. Presentía que estaba perdiendo algo importante en esta vida, que de esa manera sólo tendría experiencias repetidas. Pero no encontraba la valentía para cambiar. Necesitaba estar siempre mirando su camino; ahora que conocía la Noche Oscura, sabía que no deseaba andar por ella.

Y a pesar de quedar insatisfecha consigo misma, algunas veces le era imposible ir más allá de sus propios límites.

Los libros eran más seguros. Los estantes contenían reediciones de tratados escritos centenares de años atrás; muy poca gente se arriesgaba a decir algo nuevo en este campo. Y la sabiduría oculta parecía sonreír en aquellas páginas, distante y ausente, sonriendo ante el esfuerzo de los hombres en intentar desvendarla a cada generación.

Además de los libros, Brida tenía otro gran motivo para frecuentar el local: se quedaba observando a quien venía siempre allí. A veces fingía hojear respetables tratados alquímicos, pero sus ojos estaban concentrados en las personas —hombres y mujeres, generalmente más viejos que ella— que sabían lo que deseaban e iban siempre hacia el estante adecuado. Intentaba imaginar cómo debían de ser en la intimidad. A veces parecían sabios, capaces de despertar la fuerza o el poder que los mortales no conocían. Otras parecían apenas personas desesperadas, intentando descubrir nuevamente respuestas que olvidaron hace mucho tiempo y sin las cuales la vida dejaba de tener sentido.

Reparó también en que los clientes más usuales acostumbraban a conversar siempre con el librero. Hablaban de cosas extrañas, como fases de la luna, propiedades de las piedras y pronunciación correcta de palabras rituales.

Cierta tarde Brida decidió hacer lo mismo. Estaba regresando del trabajo, donde todo le fue bien. Consideró que debía aprovechar el día de suerte.

—Sé que existen sociedades secretas —dijo. Creyó que era un buen comienzo para la conversación. Ella «sabía» algo.

Pero todo lo que el librero hizo fue levantar la cabeza de las cuentas que estaba haciendo y mirar espantado a la chica.

—Estuve con el Mago de Folk —dijo una Brida ya medio desconcertada, sin saber cómo continuar—. Él me habló sobre la

Noche Oscura. Él me dijo que el camino de la sabiduría es no tener miedo de errar.

Reparó en que el librero ya estaba prestando más atención a sus palabras. Si el Mago le había enseñado algo, es porque ella debía de ser una persona especial.

—Si sabes que el camino es la Noche Oscura, entonces, ¿por qué buscar los libros? —dijo él, finalmente, y ella entendió que la referencia al Mago no había sido una buena idea.

—Porque no quiero aprender de esa manera —respondió ella.

El librero se quedó mirando a la joven que estaba frente a él. Ella poseía un Don. Pero era extraño que, sólo por esto, el Mago de Folk le hubiese dedicado tanta atención. Debía de haber otra causa. También podía ser mentira, pero ella había hecho comentarios sobre la Noche Oscura.

—Te he visto siempre por aquí —dijo—. Entras, hojeas todo y nunca compras libros.

—Son caros —dijo Brida, presintiendo que él estaba interesado en continuar la conversación—. Pero he leído otros libros, frecuenté varios cursos.

Le dijo el nombre de los profesores. Tal vez el librero se quedase todavía más impresionado.

De nuevo la situación resultó contraria a sus expectativas. El librero la interrumpió, y fue a atender a un cliente que quería saber si el almanaque con las posiciones planetarias para los próximos cien años había llegado.

El librero consultó una serie de paquetes que estaban debajo del mostrador. Brida reparó en que los paquetes traían sellos de distintas partes del mundo.

Estaba cada vez más nerviosa; su coraje inicial había pasado por completo. Pero tuvo que esperar a que el cliente recibiera el libro, pagase, le devolvieran el cambio y se fuera. Sólo entonces, el librero se dirigió nuevamente a ella.

—No sé cómo continuar —dijo Brida. Sus ojos estaban comenzando a ponerse colorados.

—¿Qué sabes hacer bien? —preguntó él.

—Ir tras de lo que creo. —No había otra respuesta. Vivía corriendo, tras de lo que creía.

El problema es que cada día creía en una cosa diferente. El librero escribió un nombre en el papel donde estaba haciendo sus cuentas. Arrancó el pedazo donde había escrito, y lo mantuvo en su mano.

—Voy a darte una dirección —dijo—. Hubo una época en que las personas aceptaban las experiencias mágicas como cosas naturales. En aquel entonces no había siquiera sacerdotes. Y nadie salía corriendo tras secretos ocultos.

Brida no sabía si se estaría refiriendo a ella.

—¿Sabes lo que es la magia? —preguntó él.

—Es un puente. Entre el mundo visible y el invisible.

El librero le extendió el papel. Allí estaba un teléfono y un nombre: Wicca.

Brida agarró rápidamente el papel, agradeció y salió. Al llegar a la puerta, se giró hacia él:

—Y también sé que la magia habla muchos lenguajes. Incluso el de los libreros, que se fingen difíciles pero que son generosos y accesibles.

Le mandó un beso y desapareció tras la puerta. El librero interrumpió sus cuentas y se quedó mirando su tienda. «El Mago de Folk le enseñó estas cosas», pensó. Un Don, por bueno que fuese, no era suficiente para que el Mago se interesase; debía existir otro motivo. Wicca sería capaz de descubrir cuál era.

Ya era hora de cerrar. El librero estaba notando que el público de su tienda comenzaba a cambiar. Era cada vez más joven, como decían los viejos tratados que repletaban sus estantes, las cosas empezaban finalmente a volver al lugar de donde partieron.

El antiguo edificio estaba en el centro de la ciudad, en un lugar que hoy en día sólo es frecuentado por turistas en busca del romanticismo del siglo pasado. Brida tuvo que esperar una semana hasta que Wicca decidiera recibirla; y ahora se hallaba delante de una construcción grisácea y misteriosa, intentando contener su excitación. Aquel edificio encajaba perfectamente con el modelo de su búsqueda, era exactamente en un lugar como aquél donde debían de vivir las personas que frecuentaban la librería.

El lugar no tenía ascensor. Subió la escalera lentamente, para no llegar sofocada. Tocó el timbre de la única puerta del tercer piso.

Un perro ladró, desde dentro. Después de algún retraso, una mujer delgada, bien vestida, y con un aire severo, salió a recibirla.

—Fui yo quien telefoneó —dijo Brida.

Wicca le hizo una señal para que entrase, y Brida se encontró en una sala toda blanca, con obras de arte moderno en las paredes y en las mesas. Cortinas igualmente blancas ayudaban a filtrar la luz del sol; el ambiente estaba dividido en varios planos, distribuyendo con armonía los sofás, la mesa y la biblioteca repleta de libros. Todo parecía decorado con muy buen gusto, y Brida se acordó de ciertas revistas de arquitectura que acostumbraba a hojear en los quioscos.

«Debe de haber costado muy caro», fue el único pensamiento que se le ocurrió.

Wicca llevó a la recién llegada hasta uno de los ambientes de la inmensa sala, donde había dos sillones de diseño italiano, hechos de cuero y acero. Entre ambos había una mesita baja, de vidrio, con los pies también de acero.

—Eres muy joven —dijo Wicca, finalmente.

No serviría hablar de las bailarinas, etc. Brida permaneció en silencio, esperando el próximo comentario, mientras intentaba imaginar qué hacía un ambiente tan moderno como aquél en un edificio tan antiguo. Su idea romántica de la búsqueda del conocimiento se había disipado nuevamente.

—Él me telefoneó —dijo Wicca; Brida entendió que se estaba refiriendo al librero.

—Vine en busca de un Maestro. Quiero recorrer el camino de la magia.

Wicca miró a la chica. Ella, de hecho, poseía un Don. Pero necesitaba saber por qué el Mago de Folk se había interesado tanto por ella. El Don, por sí solo, no era bastante. Si el Mago de Folk fuese un iniciante en la magia, podría haber quedado impresionado por la claridad con que el Don se manifestaba en la chica. Pero él ya había vivido lo suficiente como para aprender que toda y cualquier persona poseía un Don; ya no era sensible a esos ardides.

Levantóse, fue hasta el estante y cogió su baraja preferida.

—¿Sabes echarlas? —preguntó.

Brida balanceó la cabeza afirmativamente. Había hecho algunos cursos, sabía que la baraja en la mano de la mujer era un *tarot* con sus setenta y ocho cartas. Había aprendido algunas maneras de colocar el *tarot*, y se alegró por tener una oportunidad de mostrar sus conocimientos.

Pero la mujer se quedó con la baraja. Mezcló las cartas, las colocó en la mesita de vidrio con las caras hacia abajo. Se quedó mirándolas en esa posición, completamente desorganizadas, diferente de cualquier método que Brida aprendiera en sus cursos. Después, dijo algunas palabras en una lengua extraña y giró solamente una de las cartas de la mesa.

Era la carta número 23. Un rey de bastos.

—Buena protección —dijo ella—. De un hombre poderoso, fuerte, de cabellos negros.

Su novio no era ni poderoso ni fuerte. Y el Mago tenía los cabellos grisáceos.

—No pienses en su aspecto físico —dijo Wicca, como si estuviese adivinando su pensamiento—. Piensa en tu Otra Parte.

—¿Qué es la Otra Parte? —Brida estaba sorprendida con la mujer. Ella le inspiraba un respeto misterioso, una sensación diferente de la que tuviera con el Mago, o con el librero.

Wicca no respondió a la pregunta. Volvió a reunir y barajar las cartas y nuevamente las esparció desordenadamente sobre la mesa —sólo que esta vez con las caras hacia arriba—. La carta que estaba en el medio de aquella aparente confusión era la carta número 11. La Fuerza. Una mujer abriendo la boca de un león. Wicca retiró la carta y le pidió que la cogiera. Brida la cogió, sin saber bien lo que debía hacer.

—Tu lado más fuerte siempre fue mujer en otras encarnaciones —dijo ella.

—¿Qué es la Otra Parte? —insistió Brida. Era la primera vez que desafiaba a aquella mujer. Incluso así, era un desafío lleno de timidez.

Wicca quedó un momento en silencio. Una sospecha pasó por el fondo de su mente: el Mago no había enseñado nada sobre la Otra Parte a aquella chica. «Tonterías», se dijo para sí misma. Y apartó el pensamiento.

—La Otra Parte es lo primero que las personas aprenden cuando quieren seguir la Tradición de la Luna —respondió—.

Sólo entendiendo a la Otra Parte es como se entiende que el conocimiento puede ser transmitido a través del tiempo.

Ella iba a explicar. Brida permaneció en silencio, ansiosa.

—Somos eternos, porque somos manifestaciones de Dios —dijo Wicca—. Por eso pasamos por muchas vidas y por muchas muertes, saliendo de un punto que nadie sabe, y dirigiéndonos a otro que tampoco conocemos. Acostúmbrate al hecho de que muchas cosas en la magia no son ni serán nunca explicadas. Dios resolvió hacer ciertas cosas de cierta manera, y el porqué hizo esto es un secreto que sólo Él conoce.

«La Noche Oscura de la Fe», pensó Brida. Ella también existía en la Tradición de la Luna.

—El hecho es que esto sucede —continuó Wicca—. Y cuando las personas piensan en la reencarnación, siempre se enfrentan con una pregunta muy difícil: si en el comienzo existían tan pocos seres humanos sobre la faz de la Tierra, y hoy existen tantos, ¿de dónde vienen esas nuevas almas?

Brida estaba con la respiración suspendida. Ya se había hecho esta pregunta a sí misma muchas veces.

—La respuesta es simple —dijo Wicca, después de saborear por algún tiempo la ansiedad de la joven—. En ciertas reencarnaciones, nos dividimos. Así como los cristales y las estrellas, así como las células y las plantas, también nuestras almas se dividen.

»Nuestra alma se transforma en dos, estas nuevas almas se transforman en otras dos, y así en algunas generaciones, estamos esparcidos por buena parte de la Tierra.

—¿Y sólo una de estas partes tiene la conciencia de quién es? —preguntó Brida. Guardaba muchas preguntas, pero quería hacerlas una por una; ésta le parecía la más importante.

—Hacemos parte de lo que los alquimistas llaman el *Anima Mundi*, el Alma del Mundo —dijo Wicca, sin responder a Brida—. En verdad, si el Anima Mundi se limitara a dividirse, estaría creciendo pero también quedándose cada vez más débil. Por eso, así como nos dividimos, también nos reencontramos. Y este reencuentro se llama Amor. Porque cuando un alma se divide, siempre se divide en una parte masculina y una femenina.

»Así está explicado en el libro del Génesis: el alma de Adán se dividió, y Eva nació de dentro de él.

Wicca se detuvo, de repente, y se quedó mirando la baraja esparcida sobre la mesa.

—Son muchas cartas —continuó— pero forman parte de la misma baraja. Para entender su mensaje las necesitamos todas, todas son igualmente importantes. Así también son las almas. Los seres humanos están todos interligados, como las cartas de esta baraja.

»En cada vida tenemos una misteriosa obligación de reencontrar, por lo menos, una de esas Otras Partes. El Amor Mayor, que las separó, se pone contento con el Amor que las vuelve a unir.

—¿Y cómo puedo saber quién es mi Otra Parte? —Ella consideraba esta pregunta como una de las más importantes que había hecho en toda su vida.

Wicca se rió. Ella también se había preguntado sobre eso, con la misma ansiedad que aquella joven que tenía enfrente. Era posible conocer a la Otra Parte por el brillo en los ojos: así, desde el inicio de los tiempos, las personas reconocían a su verdadero amor. La Tradición de la Luna tenía otro procedimiento: un tipo de visión que mostraba un punto luminoso situado encima del hombro izquierdo de la Otra Parte. Pero todavía no se lo contaría; tal vez ella aprendiese a ver ese punto, tal vez no. En breve tendría la respuesta.

—Corriendo riesgos —le dijo a Brida—. Corriendo el riesgo del fracaso, de las decepciones, de las desilusiones, pero nunca dejando de buscar el Amor. Quien no desista de la búsqueda, vencerá.

Brida recordó que el Mago había dicho algo semejante, al referirse al camino de la magia. «Quizá sea una cosa sola», pensó.

Wicca comenzó a recoger la baraja de la mesa, y Brida presintió que el tiempo se estaba agotando. Sin embargo, quedaba otra pregunta por hacer.

—¿Podemos encontrar más de una Otra Parte en cada vida?

«Sí —pensó Wicca con cierta amargura—. Y cuando esto sucede, el corazón queda dividido y el resultado es dolor y sufrimiento. Sí, podemos encontrar tres o cuatro Otras Partes, porque somos muchos y estamos muy dispersos.» La chica estaba haciendo las preguntas certeras, y ella necesitaba evadirlas.

—La esencia de la Creación es una sola —dijo—. Y esta esencia se llama Amor. El Amor es la fuerza que nos reúne otra vez, para condensar la experiencia esparcida en muchas vidas, en muchos lugares del mundo.

»Somos responsables por la Tierra entera, porque no sabemos dónde están las Otras Partes que fuimos desde el comienzo de los tiempos; si ellas estuvieran bien, también seremos felices. Si estuvieran mal, sufriremos, aunque inconscientemente, una parcela de ese dolor. Pero, sobre todo, somos responsables por reunir nuevamente, por lo menos una vez en cada encarnación, a la Otra Parte que con seguridad se cruzará en nuestro camino. Aunque sea por unos instantes siquiera; porque esos instantes traen un Amor tan intenso que justifica el resto de nuestros días.

El perro ladró en la cocina. Wicca acabó de recoger la baraja de la mesa y miró una vez más a Brida.

—También podemos dejar que nuestra Otra Parte siga adelante, sin aceptarla o siquiera percibirla. Entonces necesitaremos más de una encarnación para encontrarnos con ella.

»Y, por causa de nuestro egoísmo, seremos condenados al

peor suplicio que inventamos para nosotros mismos: la soledad.

Wicca se levantó y acompañó a Brida hasta la puerta.

—No has venido aquí para saber sobre la Otra Parte —dijo, antes de despedirse—. Tú tienes un Don, y después de que sepa de qué Don se trata, quizá pueda enseñarte la Tradición de la Luna.

Brida se sintió una persona especial. Necesitaba sentirse así; aquella mujer inspiraba un respeto que poca gente le había infundido.

—Haré lo posible. Quiero aprender la Tradición de la Luna.

«Porque la Tradición de la Luna no necesita bosques oscuros», pensó.

—Presta atención, jovencita —dijo Wicca con severidad—. Todos los días a partir de hoy, a una misma hora que tú elegirás, quédate sola y abre una baraja de *tarot* sobre la mesa. Ábrela al azar, y no procures entender nada. Limítate a contemplar las cartas. Ellas, a su debido tiempo, te enseñarán todo lo que necesitas saber por el momento.

«Parece la Tradición del Sol; yo de nuevo enseñándome a mí misma», pensó Brida, mientras bajaba la escalera. Y fue cuando estaba en el autobús, cuando se dio cuenta de que la mujer se había referido a un Don. Pero podrían conversar sobre esto en un próximo encuentro.

Durante una semana, Brida dedicó media hora al día a esparcir su baraja sobre la mesa de la sala. Acostumbraba a acostarse a las diez de la noche y colocar el despertador para la una de la madrugada. Se levantaba, hacía un rápido café y se sentaba para contemplar las cartas, procurando comprender su lenguaje oculto.

La primera noche estuvo llena de excitación. Brida estaba convencida de que Wicca le había pasado alguna especie de ritual secreto, e intentó colocar la baraja exactamente como ella lo había hecho, segura de que mensajes ocultos acabarían por revelarse. Después de media hora, con excepción de algunas pequeñas visiones que ella consideró fruto de su imaginación, nada de especial sucedió.

Brida repitió lo mismo la segunda noche. Wicca había dicho que la baraja le contaría su propia historia y –a juzgar por los cursos que ella había frecuentado–, era una historia muy antigua, de más de tres mil años de edad, cuando los hombres estaban aún próximos a la sabiduría original.

«Los dibujos parecen tan simples», pensaba. Una mujer abriendo la boca de un león, un carro tirado por dos animales misteriosos, un hombre con una mesa llena de objetos frente a él. Había aprendido que aquella baraja era un libro: un libro donde la Sabiduría Divina anotó los principales cambios del hombre en su viaje por la vida. Pero su autor, sabiendo que la

Humanidad se acordaba con más facilidad del vicio que de la virtud, hizo que el libro sagrado fuese transmitido a través de las generaciones bajo la forma de un juego. La baraja era una invención de los dioses.

«No puede ser así de simple», pensaba Brida, cada vez que esparcía las cartas sobre la mesa. Conocía métodos complicados, sistemas elaborados, y aquellas cartas desordenadas comenzaron a desordenar también su raciocinio. La sexta noche tiró todas las cartas al suelo, irritada. Por un momento pensó que aquel gesto suyo tuviese una inspiración mágica, pero los resultados fueron igualmente nulos; apenas algunas intuiciones que ella no conseguía definir, y que siempre consideraba como fruto de su imaginación.

Al mismo tiempo, la idea de la Otra Parte no se le iba de la cabeza ni por un minuto. Al principio creyó que estaba volviendo a la adolescencia, a los sueños del príncipe encantado que cruzaba montañas y valles para buscar a la dueña de un zapatito de cristal, o para besar a una mujer adormecida. «Los cuentos de hadas siempre hablan de la Otra Parte», bromeaba ella misma. Los cuentos de hadas fueron su primera inmersión en el mundo mágico cn cl quc cstaba ahora ansiosa por entrar, y más de una vez se preguntó por qué las personas terminaban alejándose tanto de este mundo, aun sabiendo las inmensas alegrías que la infancia dejaba en sus vidas.

«Quizá porque no estén contentas con la alegría.» Encontró su frase medio absurda, pero la registró en su Diario como algo creativo.

Después de una semana con la idea de la Otra Parte rondándole en la mente, Brida empezó a ser poseída por una sensación aterradora: la posibilidad de escoger al hombre equivocado. La octava noche, al despertarse una vez más para contemplar sin ningún resultado las cartas del *tarot*, decidió invitar a su novio a cenar al día siguiente.

Escogió un restaurante que no era muy caro, pues él siempre quería pagar las cuentas —a pesar de que el sueldo como asistente de catedrático de Física de la universidad era bastante más bajo que el de ella como secretaria. Aún era verano, y se sentaron en una de las mesas que el restaurante colocaba en la acera, a la orilla del río.

—Quiero saber cuándo los espíritus me dejarán dormir contigo otra vez —dijo Lorens, de buen humor.

Brida le miró con ternura. Le había pedido que estuviera quince días sin ir al departamento, y él había accedido, haciendo tan sólo las protestas suficientes para que ella entendiese cuánto la amaba. También él, a su manera, buscaba los mismos misterios del Universo; si algún día le pidiese que se mantuviese quince días alejada, ella tendría que aceptar.

Cenaron sin prisa y sin conversar mucho, mirando las barcas que cruzaban el río y a las personas que paseaban por la acera. La botella de vino blanco que estaba en la mesa se vació y fue pronto sustituida por otra. Media hora después las dos sillas estaban juntas, y contemplaban abrazados el cielo estrellado de verano.

—Fíjate en este cielo —dijo Lorens, acariciándole los cabellos—. Estamos mirando a un cielo de millares de años atrás.

Él le había dicho eso el día en que se encontraron. Pero Brida no quiso interrumpir, ésta era la manera en que él compartía su mundo con ella.

—Muchas de estas estrellas ya se apagaron y, sin embargo, sus luces todavía están recorriendo el Universo. Otras estrellas nacieron lejos y sus luces aún no llegaron hasta nosotros.

—¿Entonces nadie sabe cómo es el cielo verdadero? —Ella también había hecho esa pregunta la primera noche. Pero era bueno repetir momentos tan agradables.

—No lo sabemos. Estudiamos lo que vemos, y no siempre lo que vemos es lo que existe.

—Quiero preguntarte una cosa. ¿De qué materia estamos hechos? ¿De dónde vinieron esos átomos que forman nuestro cuerpo?

Lorens respondió, mirando el cielo antiguo:

—Fueron creados junto con estas estrellas y este río que estás viendo. En el primer segundo del Universo.

—Entonces, después de este primer momento de Creación, ¿no se añadió nada más?

—Nada más. Todo se movió y se mueve. Todo se transformó y continúa transformándose. Pero toda la materia del Universo es la misma de billones de años atrás. Sin que un átomo tan siquiera haya sido agregado.

Brida se quedó mirando el movimiento del río, y el movimiento de las estrellas. Era fácil percibir el río corriendo sobre la Tierra, pero era difícil notar a las estrellas moviéndose en el cielo.

No obstante, uno y otras se movían.

—Lorens —dijo por fin, después de un largo tiempo en que los dos se quedaron en silencio, viendo pasar a un barco—. Deja que te haga una pregunta que puede parecer absurda: ¿es físicamente posible que los átomos que componen mi cuerpo hayan estado en el cuerpo de alguien que vivió antes de mí?

Lorens la miró, espantado.

—¿Qué es lo que estás queriendo saber?

—Sólo esto que te pregunté. ¿Es posible?

—Pueden estar en las plantas, en los insectos, pueden haberse transformado en moléculas de helio y estar a millones de kilómetros de la Tierra.

—Pero, ¿es posible que los átomos del cuerpo de alguien que ya murió estén en mi cuerpo y en el cuerpo de otra persona?

Él se quedó callado, por algún tiempo.

—Sí, es posible —respondió finalmente.

Una música distante comenzó a tocar. Venía de una barcaza que cruzaba el río y, a pesar de la distancia, Brida podía distinguir la silueta de un marinero enmarcada por la ventana encendida. Era una música que le recordaba su adolescencia, y traía de vuelta los bailes en la escuela, el olor de su cuarto, el color de la cinta con que acostumbraba a atarse la cola de caballo. Brida se dio cuenta de que Lorens jamás había pensado en lo que ella acababa de preguntarle, y quizás en este momento estuviera procurando saber si en su cuerpo había átomos de guerreros vikingos, de explosiones volcánicas, de animales prehistóricos y misteriosamente desaparecidos.

Pero ella pensaba en otra cosa. Todo lo que quería saber era si el hombre que la abrazaba con tanto cariño había sido, un día, parte de ella misma.

La barca se fue acercando y su música comenzó a llenar todo el ambiente. En otras mesas se interrumpió también la conversación para descubrir de dónde venía aquel sonido, porque todos tuvieron algún día una adolescencia, bailes en la escuela y sueños con cuentos de guerreros y hadas.

—Te amo, Lorens.

Y Brida deseó fervientemente que aquel muchacho, que sabía tantas cosas sobre la luz de las estrellas tuviese un poco del alguien que ella fuera un día.

«No lo conseguiré.»

Brida se sentó en la cama y buscó el paquete de cigarrillos en la mesita de luz. Contrariando todos sus hábitos, resolvió fumar estando aún en ayunas.

Faltaban dos días para encontrarse otra vez con Wicca. Durante aquellas semanas tenía la certeza de haber dado lo mejor de sí. Había colocado todas sus esperanzas en el proceso que aquella mujer bonita y misteriosa le había enseñado, y luchó durante todo el tiempo para no decepcionarla; pero la baraja se rehusó a revelar su secreto.

Durante las tres noches anteriores, siempre que acababa el ejercicio, tenía ganas de llorar. Estaba desprotegida, sola y con la sensación de que una gran oportunidad se le estaba escapando de las manos. Nuevamente sentía que la vida la trataba de una manera diferente que a las demás personas: le daba todas las oportunidades para que pudiese conseguir algo, y cuando estaba próxima a su objetivo, se abría la tierra y se la tragaba. Así había sucedido con sus estudios, con algunos novios, con ciertos sueños que jamás compartiera con otras personas. Y estaba siendo así con el camino que quería recorrer.

Pensó en el Mago; tal vez pudiese ayudarla. Pero se había prometido a sí misma que sólo volvería a Folk cuando entendiese de magia lo suficiente como para enfrentarlo.

Y ahora parecía que esto jamás llegaría a suceder...

Permaneció mucho rato en la cama, antes de decidirse a levantarse y preparar el desayuno. Finalmente tomó valor y decidió enfrentar un día más, una «Noche Oscura Cotidiana» más, como acostumbraba a decir desde que tuvo su experiencia en el bosque. Preparó el café, miró el reloj y vio que aún tenía tiempo suficiente.

Fue hasta el estante y buscó, entre los libros, el papel que le había dado el librero. Existían otros caminos, se consolaba a sí misma. Si había conseguido llegar hasta el Mago, si había conseguido llegar hasta Wicca, terminaría llegando hasta la persona que podía enseñarle de manera que ella pudiera entenderlo.

Pero sabía que esto era sólo una disculpa. «Vivo desistiendo de todo lo que comienzo», pensó, con cierta amargura. Quizá dentro de poco la vida comenzase a percibir esto, y parase de darle las oportunidades que siempre le había dado. O, quizá, desistiendo siempre al comienzo, agotase todos los caminos sin haber dado siquiera un solo paso.

Pero ella era así, y se sentía cada vez más débil, más incapaz de cambiar. Hasta hace algunos años lamentaba sus actitudes, aún era capaz de algunos gestos de heroísmo; ahora se estaba acomodando a sus propios errores. Conocía a otras personas así, se acostumbraban a sus faltas, y en poco tiempo confundían sus faltas con virtudes. Entonces ya era demasiado tarde para cambiar de vida.

Pensó en no llamar a Wicca, en simplemente desaparecer. Pero existía la librería, y ella no tendría valor para aparecer allí de nuevo. Si desapareciera, simplemente, el librero la trataría mal la próxima vez. «Muchas veces, por causa de un gesto impensado mío con una persona, terminé apartándome de otras que me eran queridas.» Ahora no podía ser así. Estaba en un camino donde los contactos importantes eran muy difíciles.

Tomó valor y marcó el número que estaba en el papel. Wicca atendió al otro lado.

—No podré ir mañana —dijo Brida.

—Ni tú ni el fontanero —respondió Wicca. Brida se quedó algunos instantes sin entender lo que la mujer estaba diciendo.

Pero Wicca comenzó a quejarse de que tenía una avería en el fregadero de la cocina, que ya había llamado varias veces a un hombre para arreglarla y que el hombre nunca aparecía. Comenzó a contar una larga historia sobre los edificios antiguos, muy imponentes pero con problemas insolubles.

—¿Tienes el *tarot* por ahí cerca? —preguntó Wicca, en mitad del relato del fontanero.

Brida, sorprendida, le dijo que sí. Wicca le pidió que esparciese las cartas sobre la mesa, pues iba a enseñarle un método de juego para descubrir si el fontanero aparecería o no a la mañana siguiente.

Brida, más sorprendida aún, hizo lo que le mandaba. Esparció las cartas y se quedó mirando, ausente, hacia la mesa, mientras esperaba instrucciones desde el otro lado de la línea. El valor para decir el motivo de la llamada se iba desvaneciendo poco a poco.

Wicca no paraba de hablar, y Brida resolvió escucharla con paciencia. Quizá consiguiese hacerse amiga de ella. Quizás, entonces, ella fuese más tolerante y le enseñase métodos más fáciles de encontrar la Tradición de la Luna.

Wicca, mientras tanto, iba pasando de un asunto a otro, y después de hacer todas las quejas sobre los fontaneros comenzó a contarle la discusión que había tenido, bien temprano, con la síndica sobre el sueldo del portero del edificio. Después enlazó ese asunto con unas consideraciones sobre las pensiones que estaban pagando a los jubilados.

Brida acompañaba todo aquello con murmullos afirmati-
vos. Estaba de acuerdo con todo lo que la otra decía, pero ya
no conseguía prestar atención a nada. Un tedio mortal se apo-
deró de ella; la conversación de aquella mujer casi extraña,
sobre fontaneros, porteros y jubilados, a aquella hora de la
mañana, era una de las cosas más aburridas que había escuchado en toda su vida. Intentó distraerse con las cartas de encima de la mesa, mirando pequeños detalles que habían pasado
desapercibidos otras veces.

De vez en cuando Wicca le preguntaba si la estaba escuchando, y ella musitaba que sí. Pero su mente estaba lejos, viajando, paseando por lugares donde jamás estuviera. Cada detalle de las cartas parecía empujarla más hondo en el viaje.

De repente, como quien penetra en un sueño, Brida percibió que ya no conseguía escuchar lo que la otra le decía. Una
voz, una voz que parecía venir de dentro de ella –pero que ella
sabía que venía de fuera– comenzó a susurrarle algo. «¿Estás
entendiendo?» Brida decía que sí. «Sí, estás entendiendo», dijo
la misteriosa voz.

Esto, no obstante, no tenía la menor importancia. El *tarot*
frente a ella comenzó a mostrar escenas fantásticas; hombres
vestidos apenas con tangas, cuerpos bronceados al sol y cubiertos de aceite. Algunos usaban máscaras que parecían gigantes-
cas cabezas de pez. Nubes pasaban corriendo por el cielo,
como si todo estuviese en un movimiento mucho más rápido
que el normal, y la escena cambiaba de repente a una plaza,
con edificios monumentales, donde algunos viejos contaban
secretos a unos muchachos. Había desesperación y prisa en la
mirada de los viejos, como si un conocimiento muy antiguo
estuviese a punto de perderse definitivamente.

«Suma el siete y el ocho y tendrás mi número. Soy el demonio, y firmé el libro», dijo un muchacho vestido con ropas
medievales, después que la escena se convirtió en una especie

de fiesta. Algunas mujeres y hombres sonreían, y estaban embriagados. Las escenas se cambiaron a templos enclavados en rocas al lado del mar, el cielo comenzó a cubrirse de nubes negras, de donde salían rayos muy brillantes.

Apareció una puerta. Era una puerta pesada, como la puerta de un viejo castillo. La puerta se aproximaba a Brida, y ella presintió que en poco tiempo conseguiría abrirla.

«Vuelve de allí», dijo la voz.

—Vuelve, vuelve —dijo la voz al teléfono. Era Wicca. Brida quedó irritada porque estaba interrumpiendo una experiencia tan fantástica, para volver a hablar de porteros y fontaneros.

—Un momento —respondió. Luchaba por retornar a aquella puerta, pero todo había desaparecido de su frente.

—Sé lo que pasó —repitió Wicca, ante el silencio de Brida—. Ya no voy a hablar más del fontanero; estuvo aquí la semana pasada y ya arregló todo.

Antes de cortar, dijo que la esperaba a la hora convenida.

Brida colgó el teléfono, sin despedirse. Se quedó aún mucho tiempo mirando fijamente la pared de su cocina, antes de caer en un llanto convulsivo y relajante.

—Fue un truco —dijo Wicca a una asustada Brida, cuando las dos se acomodaron en los sillones italianos—. Sé cómo te debes de estar sintiendo —continuó—. A veces entramos en un camino sólo porque no creemos en él. Entonces, es fácil: todo lo que tenemos que hacer es probar que no es nuestro camino.

»Sin embargo, cuando las cosas comienzan a suceder y el camino se revela ante nosotros, tenemos miedo de seguir adelante.

Wicca dijo que no entendía por qué muchos prefieren pasar la vida entera destruyendo los caminos que no desean recorrer, en vez de andar por el único que los conduciría a algún lugar.

—No puedo creer que fue un truco —dijo Brida. Ya no tenía aquel aire de arrogancia y desafío. Su respeto por aquella mujer había aumentado considerablemente.

—La visión no fue un truco. El truco al que me refiero fue el del teléfono.

»Durante millones de años, el hombre siempre habló con aquello que conseguía ver. De repente, en apenas un siglo, el «ver» y el «hablar» fueron separados. Creemos que estamos acostumbrados a esto, y no percibimos el inmenso impacto que ello causó en nuestros reflejos. Nuestro cuerpo simplemente todavía no está acostumbrado.

»El resultado práctico es que, cuando hablamos por teléfono, conseguimos entrar en un estadio muy semejante a ciertos trances mágicos. Nuestra mente entra en otra frecuencia, queda más receptiva al mundo invisible. Conozco hechiceras que tienen siempre papel y lápiz junto al teléfono; garabatean cosas aparentemente sin sentido mientras hablan con alguien. Cuando cuelgan, las cosas que han garabateado son generalmente símbolos de la Tradición de la Luna.

—Y ¿por qué el *tarot* se reveló ante mí?

—Éste es el gran problema de quien desea estudiar magia —respondió Wicca—. Cuando comenzamos el camino, siempre tenemos una idea más o menos definida de lo que pretendemos encontrar. Las mujeres generalmente buscan la Otra Parte, los hombres buscan el Poder. Tanto unos como otros no quieren aprender: quieren llegar a aquello que establecieron como meta.

»Pero el camino de la magia —como, en general, el camino de la vida— es y será siempre el camino del Misterio. Aprender una cosa significa entrar en contacto con un mundo del cual no se tiene la menor idea. Es preciso ser humilde para aprender.

—Es sumergirse en la Noche Oscura —dijo Brida.

—No me interrumpas. —La voz de Wicca mostraba una irritación contenida. Brida percibió que no era por el comentario, a fin de cuentas, ella había dicho la verdad. «Quizá esté irritada con el Mago», pensó. Quién sabe si no estuvo enamorada de él algún día. Los dos eran más o menos de la misma edad.

—Disculpa —dijo ella.

—No tiene importancia. —Wicca también parecía sorprendida de su reacción.

—Me estabas hablando del *tarot*.

—Cuando tú colocabas las cartas sobre la mesa, siempre

tenías una idea de lo que sucedería. Nunca dejaste que las cartas contasen su historia; estabas tratando de que ellas confirmasen lo que tú imaginabas saber.

»Cuando comenzamos a hablar por teléfono, yo me di cuenta de ello. Percibí también que allí había una señal, y que el teléfono era mi aliado. Comencé una conversación aburrida, y te pedí que mirases las cartas. Entraste en el trance que el teléfono provoca, y las cartas te condujeron a su mundo mágico.

Wicca le pidió que siempre se fijase en los ojos de las personas que estaban hablando por teléfono. Eran ojos muy interesantes.

—Quiero hacer otra pregunta —dijo Brida, mientras las dos tomaban té. La cocina de Wicca era sorprendentemente moderna y funcional—. Quiero saber por qué no dejaste que yo abandonase el camino.

«Porque quiero entender lo que el Mago vio además de su Don», pensó Wicca.

—Porque tienes un Don —respondió.

—¿Cómo sabes que tengo un Don?

—Es simple. Por las orejas.

«Por las orejas. Qué decepción —se dijo a sí misma Brida—. Y yo pensaba que ella estaba viendo mi halo.»

—Todo el mundo tiene un Don. Pero algunos nacen con este Don más desarrollado, mientras que otros —como yo, por ejemplo— tienen que luchar mucho para desarrollarlo.

»Las personas con el Don de nacimiento tienen los lóbulos de las orejas pequeños y pegados a la cabeza.

Instintivamente, Brida tocó sus orejas. Era verdad.

—¿Tienes coche?

Brida respondió que no.

—Entonces prepárate para gastar un buen dinero en taxi —dijo Wicca, levantándose—. Ha llegado la hora de dar el próximo paso.

«Todo está yendo muy rápido», pensó Brida, mientras se levantaba. La vida se estaba pareciendo a las nubes que viera en su trance.

A media tarde llegaron cerca de unas montañas, que quedaban a unos 39 kilómetros al sur de Dublín. «Podíamos haber hecho el mismo trayecto en autobús», protestó Brida mentalmente, mientras pagaba el taxi. Wicca había traído consigo un bolso con algunas ropas.

—Si quieren me espero —dijo el chófer—. Va a ser bastante difícil encontrar otro taxi aquí. Estamos en mitad de la carretera.

—No se preocupe —respondió Wicca, para alivio de Brida—. Siempre conseguimos lo que queremos.

El chófer miró a las dos con un aire un tanto raro y se fue con el coche. Estaban ante un bosque de eucaliptos, que llegaba hasta la base de la montaña más próxima.

—Pide permiso para entrar —dijo Wicca—. A los espíritus del bosque les gustan las gentilezas.

Brida pidió permiso. El bosque, que antes era apenas un bosque común, pareció ganar vida.

—Manténte siempre en el puente entre lo visible y lo invisible —dijo Wicca, mientras andaban en medio de los eucaliptos. Todo en el Universo tiene vida, procura estar siempre en contacto con esta Vida. Ella entiende tu lenguaje. Y el mundo comienza a adquirir para ti una importancia distinta.

Brida estaba sorprendida por la agilidad de la mujer. Sus pies parecían levitar en el suelo, sin hacer ruido apenas.

Llegaron a un claro, cerca de una enorme piedra. Mientras procuraba saber cómo había aparecido allí aquella piedra, Brida notó restos de una hoguera en el centro del espacio abierto.

El lugar era hermoso. Aún faltaba mucho para el atardecer, el sol mostraba el colorido típico de las tardes de verano. Pájaros cantaban, una brisa leve paseaba por las hojas de los árboles. Estaban en una elevación, y podía ver el horizonte, allí abajo.

Wicca sacó de dentro del bolso una especie de túnica árabe, que se puso encima de su ropa. Después llevó el bolso cerca de los árboles, de modo que no pudiese ser visto desde el claro.

—Siéntate —dijo ella.

Wicca estaba diferente. Brida no sabía explicar si era la ropa, o el profundo respeto que el lugar inspiraba.

—Antes que nada, tengo que explicarte lo que voy a hacer. Voy a descubrir cómo el Don se manifiesta en ti. Sólo podré enseñarte algo si sé algo respecto a tu Don.

Wicca pidió a Brida que procurase relajarse, que se entregase a la belleza del lugar, de la misma manera como se había dejado dominar por el *tarot*.

—En algún momento de tus vidas pasadas, ya estuviste en el camino de la magia. Lo sé por las visiones del *tarot* que me describiste.

Brida cerró los ojos, pero Wicca le pidió que los volviese a abrir.

—Los lugares mágicos son siempre lindos, y merecen ser contemplados. Son cascadas, montañas, bosques, donde los espíritus de la Tierra acostumbran a jugar, sonreír y conversar con los hombres. Estás en un lugar sagrado, y él te está mostrando los pájaros y el viento. Agradece a Dios por esto; por los pajaritos, por el viento, y por los espíritus que pueblan este lugar. Mantén siempre el puente entre lo visible y lo invisible.

La voz de Wicca la relajaba cada vez más. Había un respeto casi religioso hacia el momento.

—El otro día te hablé de uno de los mayores secretos de la magia: la Otra Parte. Toda la vida del hombre sobre la faz de la Tierra se resume en esto: buscar su Otra Parte. No importa si finge correr detrás de la sabiduría, del dinero o del poder. Cualquier cosa que él consiga va a estar incompleta si, al mismo tiempo, no consiguió encontrar a su Otra Parte.

»Con excepción de algunas pocas criaturas que descienden de los ángeles, y que necesitan la soledad para su encuentro con Dios, el resto de la Humanidad sólo conseguirá la unión con Dios si en algún momento, en algún instante de su vida, consiguió comulgar con su Otra Parte.

Brida notó una extraña energía en el aire. Por unos momentos sus ojos se llenaron de agua, sin que pudiese explicar por qué.

—En la Noche de los Tiempos, cuando fuimos separados, una de las partes quedó encargada de mantener el conocimiento: el hombre. Él pasó a comprender la Agricultura, la Naturaleza y los movimientos de los astros en el cielo. El conocimiento siempre fue el poder que mantuvo al Universo en su lugar, y a las estrellas girando en sus órbitas. Ésta fue la gloria del hombre: mantener el conocimiento. Y esto hizo que la raza entera sobreviviese.

»A nosotras, las mujeres, nos fue entregado algo mucho más sutil, mucho más frágil, pero sin lo cual todo el conocimiento no tiene ningún sentido: la transformación. Los hombres dejaban el suelo fértil, nosotras sembrábamos, y este suelo se transformaba en árboles y plantas.

»El suelo necesita a la simiente, y la simiente necesita al suelo. Uno sólo tiene sentido con el otro. Lo mismo pasa con los seres humanos. Cuando el conocimiento masculino se une con la transformación femenina, está creada la gran unión mágica, que se llama Sabiduría.

»Sabiduría es conocer y transformar.

Brida comenzó a sentir un viento más fuerte, y percibió que la voz de Wicca hacía que ella entrase de nuevo en trance. Los espíritus del bosque parecían vivos y atentos.

—Acuéstate —dijo Wicca.

Brida se reclinó hacia atrás y extendió las piernas. Encima de ella brillaba un profundo cielo azul, sin nubes.

—Ve en busca de tu Don. No puedo ir contigo hoy, pero ve sin miedo. Cuanto más entiendas de ti misma, más entenderás del mundo.

»Y más próxima estarás de tu Otra Parte.

Wicca se inclinó y miró a la joven que estaba frente a ella. «Igual a quien fui un día –pensó, con cariño–. En busca de un sentido para todo, y capaz de mirar al mundo como las mujeres antiguas, que eran fuertes y confiantes, y no se incomodaban por reinar en sus comunidades.»

En aquella época, entretanto, Dios era mujer. Wicca se inclinó sobre el cuerpo de Brida y le desató el cinturón. Después, bajó un poco la cremallera del pantalón tejano. Los músculos de Brida se pusieron tensos.

–No te preocupes –dijo Wicca, con cariño.

Levantó un poco la camiseta de la chica de manera que su ombligo quedase expuesto. Entonces sacó del bolsillo de su manto un cristal de cuarzo y lo colocó sobre él.

–Ahora quiero que cierres los ojos –dijo con suavidad–. Quiero que imagines el mismo color del cielo, sólo que con los ojos cerrados.

Retiró del manto una pequeña amatista, y la colocó entre los ojos cerrados de Brida.

–Ve siguiendo exactamente lo que yo te diga a partir de ahora. No te preocupes por nada más.

»Estás en medio del Universo. Puedes ver las estrellas a tu alrededor, y algunos planetas más brillantes. Siente este paisaje como algo que te envuelve completamente, y no como una tela.

Siente el placer al contemplar este Universo; nada más puede preocuparte. Estás concentrada tan sólo en tu placer. Sin culpa.

Brida vio el Universo estrellado y percibió que era capaz de entrar en él, al mismo tiempo que escuchaba la voz de Wicca. Ésta le pidió que viese, en medio del Universo, una gigantesca catedral. Brida vio una catedral gótica, con piedras oscuras, y que parecía formar parte del Universo a su alrededor, por más absurdo que aquello pudiera parecer.

—Camina hasta la catedral. Sube la escalera. Entra.

Brida hizo lo que Wicca le mandaba. Subió las escaleras de la catedral, sintiendo los pies descalzos pisando en el mosaico frío. En determinado momento tuvo la impresión de estar acompañada, y la voz de Wicca parecía salir de una persona detrás de ella. «Estoy imaginando cosas», pensó Brida, y de repente se acordó de que era preciso creer en el puente entre lo visible y lo invisible. No podía tener miedo de decepcionarse, ni de fracasar.

Brida estaba ahora delante de la puerta de la catedral. Era una puerta gigantesca, trabajada en metal, con dibujos de vidas de santos. Completamente distinta a la que había visto en su viaje con el *tarot*.

—Abre la puerta. Entra.

Brida sintió el metal frío en sus manos. A pesar del tamaño la puerta se abrió sin ningún esfuerzo. Entró en una inmensa iglesia.

—Repara en todo lo que estás viendo —dijo Wicca. Notó que a pesar de estar oscuro afuera, entraba mucha luz por los inmensos vitrales de la catedral. Podía distinguir los bancos, los altares laterales, las columnatas adornadas, y algunas velas encendidas. Todo, no obstante, parecía un poco abandonado; los bancos estaban cubiertos de polvo.

—Camina hacia tu lado izquierdo. En algún lugar encontrarás otra puerta. Sólo que, esta vez, muy pequeña.

Brida caminó por la catedral. Sus pies descalzos pisaban el polvo del suelo, provocando una sensación desagradable. En algún lugar, una voz amiga la guiaba. Sabía que era Wicca, pero sabía también que ya no tenía control sobre su imaginación. Estaba consciente y, no obstante, no conseguía desobedecer lo que ella le estaba pidiendo.

Encontró la puerta.

—Entra. Existe una escalera de caracol que baja.

Brida tuvo que agacharse para entrar. La escalera de caracol tenía antorchas sujetas a la pared, que iluminaban los escalones. El suelo estaba limpio; alguien había estado allí antes, para encender las antorchas.

—Estás yendo al encuentro de tus vidas pasadas. En el sótano de esta catedral existe una biblioteca. Vamos hasta allá. Estoy esperando al final de la escalera de caracol.

Brida descendió durante un tiempo que no supo determinar. La bajada la dejó un poco mareada. En cuanto llegó abajo encontró a Wicca, con su manto. Ahora se hacía más fácil, estaba más protegida. Estaba dentro de su trance.

Wicca abrió otra puerta, que estaba al final de la escalera.

—Ahora voy a dejarte aquí sola. Me quedaré afuera, esperando. Escoge un libro, y él te mostrará lo que necesitas saber.

Brida ni se dio cuenta de que Wicca se quedaba atrás: contemplaba los volúmenes llenos de polvo. «Tengo que venir más aquí, dejar esto limpio.» El pasado estaba sucio y abandonado y ella sentía mucha pena por no haber leído antes todos aquellos libros. Quizá consiguiera traer de vuelta a su vida algunas lecciones importantes que ya había olvidado.

Miró los volúmenes que estaban en el estante. «Cuánto viví ya», pensó. Debía ser muy antigua; precisaba ser más sabia. Le gustaría leer todo de nuevo, pero no tenía mucho tiempo, y necesitaba confiar en su intuición. Podía volver cuando quisiera, ahora que había aprendido el camino.

Se quedó algún tiempo sin saber qué decisión tomar. De repente, sin pensarlo mucho, escogió un volumen y lo retiró. No era un volumen muy grueso, y Brida se sentó en el suelo de la sala.

Se puso el libro en la falda, pero tenía miedo. Tenía miedo de abrirlo y que no pasara nada. Tenía miedo de no conseguir leer lo que estaba escrito.

«Tengo que correr riesgos. No tengo que tener miedo de la derrota», pensó, al mismo tiempo que abría el volumen. De repente, al mirar las páginas, se sintió mal. Estaba de nuevo mareada.

«Me voy a desmayar», consiguió reflexionar, antes de que todo se oscureciese por completo.

Se despertó con el agua goteando en su rostro. Había tenido un sueño muy extraño, y no sabía lo que aquello significaba; eran catedrales sueltas en el aire, y bibliotecas llenas de libros. Ella nunca había entrado en una biblioteca.

—Loni, ¿estás bien?

No, no lo estaba. No conseguía sentir su pie derecho, y sabía que aquello era una mala señal. Tampoco tenía ganas de conversar, porque no quería olvidar el sueño.

—Loni, despierta.

Debe de haber sido la fiebre, haciéndola delirar. Los delirios parecían muy vivos. Quería que parasen de llamarla, porque el sueño estaba desapareciendo, sin que ella consiguiera entenderlo.

El cielo estaba nublado, y las nubes bajas casi tocaban la torre más alta del castillo. Se quedó mirando a las nubes. Suerte que no conseguía ver las estrellas; los sacerdotes decían que ni siquiera las estrellas eran completamente buenas.

La lluvia paró poco después de que ella hubiera abierto los ojos. Loni estaba alegre por la lluvia, esto significaba que la cisterna del castillo debía estar llena de agua. Bajó lentamente los ojos de las nubes y vio de nuevo la torre, las hogueras en el patio y la multitud que andaba de un lado para otro, desorientada.

—Talbo —dijo ella, en voz baja.

Él la abrazó. Ella sintió el frío de su armadura, el olor de hollín en sus cabellos.

—¿Cuánto tiempo pasó? ¿En qué día estamos?

—Estuviste tres días sin despertar —dijo Talbo.

Ella lo miró y sintió pena: estaba más delgado, el rostro sucio, la piel sin vida. Pero nada de esto tenía importancia: ella lo amaba.

—Tengo sed, Talbo.

—No hay agua. Los franceses descubrieron el camino secreto.

Escuchó de nuevo a las Voces dentro de su cabeza. Durante mucho tiempo había odiado a aquellas Voces. Su marido era un guerrero, un mercenario que luchaba la mayor parte del año, y ella tenía miedo de que las Voces le contasen que él había muerto en una batalla. Había descubierto una manera de evitar que las Voces hablasen con ella: bastaba concentrar su pensamiento en un árbol antiguo que había cerca de su aldea. Las Voces siempre paraban de hablar cuando ella hacía aquello. Pero ahora estaba demasiado débil, y las Voces habían vuelto.

«Tú vas a morir —dijeron las Voces—. Pero él se salvará.»

—Ha llovido, Talbo —insistió ella—. Necesito agua.

—Fueron apenas unas gotas. No llegó para nada.

Loni miró otra vez a las nubes. Estaban allí toda la semana, y todo lo que habían hecho era alejar el sol, dejar el invierno más frío y el castillo más sombrío. Tal vez los católicos franceses tuvieran razón. Tal vez Dios estuviese del lado de ellos.

Algunos mercenarios se aproximaron al lugar donde estaban ellos. Por todas partes había hogueras, y Loni tuvo la sensación de que estaba en el infierno.

—Los sacerdotes están reuniendo a todo el mundo, comandante —dijo uno de ellos a Talbo.

—Fuimos contratados para luchar, y no para morir —dijo otro.

—Los franceses han ofrecido la rendición —respondió Talbo—. Han dicho que los que se conviertan de nuevo a la fe católica pueden partir sin problemas.

«Los Perfectos no van a aceptar», susurraron las Voces a Loni. Ella lo sabía. Conocía bien a los Perfectos. Era a causa de ellos que Loni estaba allí, y no en casa, donde acostumbraba a esperar que Talbo volviese de las batallas. Los Perfectos estaban sitiados en aquel castillo desde hacía cuatro meses, y las mujeres de la aldea conocían el camino secreto. Durante todo este tiempo trajeron comida, ropa, municiones; durante todo este tiempo pudieron encontrarse con sus maridos, y gracias a ellas fue posible continuar la lucha. Pero el camino secreto había sido descubierto y ahora ella no podía volver. Ni las otras mujeres.

Trató de sentarse. Su pie ya no le dolía. Las Voces le decían que aquello era una mala señal.

—No tenemos nada que ver con su Dios. No vamos a morir por esta causa, comandante —dijo otro.

Un gong comenzó a sonar en el castillo, Talbo se levantó.

—Llévame contigo, por favor —imploró ella. Talbo miró a sus compañeros y miró a la mujer que temblaba frente a él. Hubo un momento en que no sabía qué decisión tomar; sus hombres estaban acostumbrados a la guerra, y sabían que los guerreros enamorados acostumbran a esconderse durante una batalla.

—Voy a morir, Talbo. Llévame contigo, por favor.

Uno de los mercenarios miró al comandante.

—No es bueno dejarla aquí sola —dijo el mercenario—. Los franceses pueden hacer nuevos disparos.

Talbo fingió aceptar el argumento. Sabía que los franceses no iban a hacer nuevos disparos; estaban en una tregua, negociando la rendición de Monsègur. Pero el mercenario entendía lo que estaba pasando en el corazón de Talbo, él también debía de ser un hombre enamorado.

«Él sabe que vas a morir», dijeron las Voces a Loni, mientras Talbo la cogía gentilmente en brazos. Loni no quería escuchar lo que las Voces estaban diciendo; estaba recordando un día en que caminaron así, a través de un campo de trigo, en una tarde de verano. Aquella tarde también tuvo sed, y habían bebido agua en un arroyo que bajaba de la montaña.

Una multitud se reunió junto a la gran roca que se confundía con la muralla occidental de la fortaleza de Monsègur. Eran hombres, soldados, mujeres y niños. Había un silencio opresivo en el aire, y Loni sabía que no era por respeto a los sacerdotes, sino miedo de lo que podría pasar.

Los sacerdotes entraron. Eran muchos, los mantos negros con las inmensas cruces amarillas bordadas en la frente. Se sentaron en la roca, en las escaleras externas, en el suelo frente a la torre. El último en entrar tenía los cabellos completamente blancos y subió hasta la parte más alta de la muralla. Su figura estaba iluminada por las llamas de las hogueras, el viento sacudiendo el manto negro.

Cuando se detuvo, allá en lo alto, casi todas las personas se arrodillaron y, con las manos alzadas, golpearon tres veces con la cabeza en el suelo. Talbo y sus mercenarios permanecieron de pie; habían sido contratados sólo para la lucha.

—Nos han ofrecido la rendición —dijo el sacerdote, desde lo alto de la muralla—. Todos están libres para partir.

Un suspiro de alivio corrió por toda la multitud.

—Las almas del Dios Extranjero permanecerán en el reino de este mundo. Las del Dios verdadero volverán a su infinita misericordia. La guerra continuará, pero no es una guerra eterna. Porque el Dios Extranjero será vencido al final, aunque haya corrompido a una parte de los ángeles. El Dios Extranjero será vencido, y no será destruido; permanecerá en el infierno por toda la eternidad, junto con las almas que consiguió seducir.

Las personas miraban hacia el hombre en lo alto de la muralla. Ya no estaban tan seguras de si deseaban escapar ahora y sufrir por toda la eternidad.

—La Iglesia Cátara es la verdadera Iglesia —continuó el sacerdote—. Gracias a Jesucristo y al Espíritu Santo conseguimos llegar a la comunión con Dios. No necesitamos reencarnarnos otras veces. No necesitamos volver nuevamente al reino del Dios Extranjero.

Loni reparó en que tres sacerdotes salieron del grupo y abrieron algunas biblias frente a la multitud.

—El *consolamentum* será distribuido ahora a los que quieran morir con nosotros. Allá abajo, una hoguera nos espera. Será una muerte horrible, con mucho sufrimiento. Será una muerte lenta, y el dolor de las llamas quemando nuestra carne no se compara con ningún dolor que vosotros hayáis experimentado antes.

»No obstante, no todos tendrán este honor; sólo los verdaderos cátaros. Los otros están condenados a la vida.

Dos mujeres se aproximaron tímidamente a los sacerdotes que tenían las biblias abiertas. Un adolescente consiguió desprenderse de los brazos de su madre y también se presentó.

Cuatro mercenarios se aproximaron a Talbo.

—Queremos recibir el sacramento, comandante. Queremos ser bautizados.

«Es así como se mantiene la Tradición —dijeron las Voces—. Cuando las personas son capaces de morir por una idea.»

Loni se quedó aguardando la decisión de Talbo. Los mercenarios habían luchado toda su vida por dinero, hasta descubrir que ciertas personas eran capaces de luchar solamente por aquello que juzgaban correcto.

Talbo finalmente asintió. Pero estaba perdiendo a algunos de sus mejores hombres.

—Vamos a salir de aquí —dijo Loni—. Vamos hacia las murallas. Ellos ya dijeron que quien quisiera se podía ir.

—Es mejor que descansemos, Loni.

«Vas a morir», susurraron las Voces de nuevo.

—Quiero ver los Pirineos. Quiero mirar el valle una vez más, Talbo. Tú sabes que voy a morir.

Sí, él lo sabía. Era un hombre acostumbrado al campo de batalla, conocía las heridas que acababan con sus soldados. La herida de Loni llevaba tres días abierta, envenenando su sangre.

Las personas cuyas heridas no cicatrizaban podían durar dos días o dos semanas. Nunca más que esto.

Y Loni estaba cerca de la muerte. Su fiebre había pasado. Talbo también sabía que esto era una mala señal. Mientras el pie dolía y la fiebre quemaba, el organismo aún estaba luchando. Ahora ya no había más lucha: tan sólo la espera.

«Tú no tienes miedo», dijeron las Voces. No, Loni no tenía miedo. Desde pequeña sabía que la muerte era apenas otro comienzo. En aquella época, las Voces eran sus grandes compañeras. Y tenían rostros, cuerpos, gestos que sólo ella podía ver. Eran personas que venían de mundos diferentes, conversaban y nunca la dejaban sola. Tuvo una infancia muy divertida: jugaba con los otros niños, utilizando a sus amigos invisibles, cambiaba cosas de sitio, hacía ciertos tipos de ruidos, pequeños sustos. En esa época su madre agradecía el vivir en un país cátaro, «si los católicos estuviesen por aquí, serías quemada viva», acostumbraba a decir. Los cátaros no daban importancia a aquello: creían que los buenos eran buenos, los malos eran malos, y ninguna fuerza del Universo era capaz de cambiar esto.

Pero llegaron los franceses, diciendo que no existía un país cátaro. Y desde la edad de ocho años, todo lo que había conocido era la guerra.

La guerra le había traído algo muy bueno: su marido, contratado en una tierra distante por sacerdotes cátaros, que jamás cogían un arma. Pero también le había traído algo malo: el miedo a ser quemada viva, porque los católicos estaban cada vez más próximos a su aldea. Comenzó a tener miedo de sus amigos invisibles y ellos fueron desapareciendo de su vida. Pero quedaron las Voces. Ellas continuaban diciendo lo que iba a suceder, y cómo debía actuar. Pero no quería su amistad, porque siempre sabían demasiado; una Voz le enseñó entonces el truco del árbol sagrado. Y desde que la última cruzada contra los cátaros había comenzado, y los católicos franceses vencían una batalla tras otra, ella ya no oía las Voces.

Hoy, sin embargo, no tenía más fuerzas para pensar en el árbol. Las Voces estaban de nuevo allí, y ella no se molestaba por eso. Al contrario, las necesitaba; ellas le enseñarían el camino, después de morir.

—No te preocupes por mí, Talbo. No tengo miedo de morir —dijo ella.

Llegaron a lo alto de la muralla. Un viento frío soplaba sin parar, y Talbo procuró abrigarse con su capa. Loni no sentía ya el frío. Miró hacia las luces de una ciudad en el horizonte y hacia las luces del campamento, al pie de la montaña. Había hogueras en casi toda la extensión del valle. Los soldados franceses aguardaban la decisión final.

Escucharon el sonido de una flauta procedente de allá abajo. Algunas voces cantaban.

—Son soldados —dijo Talbo—. Saben que pueden morir en cualquier momento, y por eso la vida es siempre una gran fiesta.

Loni sintió una inmensa rabia de la vida. Las Voces le estaban contando que Talbo encontraría otras mujeres, tendría hijos, y se haría rico con saqueos de ciudades. «Pero jamás volverá a amar a nadie como a ti, porque tú formas parte de él para siempre», dijeron las Voces.

Se quedaron algún tiempo mirando el paisaje de allá abajo, abrazados, escuchando el canto de los guerreros. Loni sintió que aquella montaña había sido escenario de otras guerras en el pasado, un pasado tan remoto que ni siquiera las Voces conseguían recordar.

—Somos eternos, Talbo. Las Voces me lo contaron, en la época en que yo podía ver sus cuerpos y sus rostros.

Talbo conocía el Don de su mujer. Pero hacía mucho tiempo que ella no tocaba el tema. Quizá fuese el delirio.

—Aun así, ninguna vida es igual a la otra. Y puede ser que no nos encontremos nunca más. Necesito que sepas que te amé mi vida entera. Te amé antes de conocerte. Eres parte de mí.

»Voy a morir. Y como mañana es un día tan bueno para morir como cualquier otro, me gustaría morir junto con los sacerdotes. Nunca entendí lo que ellos pensaban del mundo, pero ellos siempre me entendieron. Quiero acompañarlos hasta la otra vida. Tal vez yo pueda serles una buena guía, porque ya estuve antes en esos otros mundos.

Loni pensó en la ironía del destino. Había tenido miedo de las Voces porque ellas podían llevarla por el camino de la hoguera. Y, sin embargo, la hoguera estaba en su camino.

Talbo miraba a su mujer. Sus ojos estaban perdiendo brillo, pero aún conservaba el mismo encanto que cuando la había conocido. Nunca le había dicho ciertas cosas: no le había contado sobre las mujeres que recibió como premio de batallas, las mujeres que encontró mientras viajaba por el mundo, las mujeres que estaban esperando que él volviera algún día. No le había contado esto porque estaba seguro de que ella lo sabía todo y le perdonaba porque él era su gran Amor, y el gran amor está por encima de las cosas de este mundo.

Pero había otras cosas que él no había contado y que posiblemente ella jamás descubriría; que había sido ella, con su cariño y su alegría, la gran responsable de que él volviera a encontrar el sentido de la vida. Que fue el amor de aquella mujer el que lo había empujado hasta los más distantes confines de la tierra, porque tenía que ser lo bastante rico como para comprar un campo y vivir en paz, con ella, el resto de sus días. Fue la inmensa confianza en aquella criatura frágil cuya alma se estaba apagando, que lo había obligado a luchar con honor, porque sabía que después de la batalla podía olvidar los horrores de la guerra en su regazo. El único regazo que era realmente suyo, a pesar de todas las mujeres del mundo. El único regazo donde conseguía cerrar los ojos y dormir como un niño.

—Ve a llamar a un sacerdote, Talbo —dijo ella—. Quiero recibir el bautismo.

Talbo vaciló un momento; sólo los guerreros escogían la manera de morir. Pero la mujer que tenía enfrente había dado su vida por amor, quizá para ella el amor fuese una forma desconocida de guerra.

Se levantó y descendió las escaleras de la muralla. Loni intentó concentrarse en la música que venía de allí abajo, que hacía la muerte más fácil. Mientras tanto, las Voces no paraban de hablar.

«Toda mujer, en su vida, puede usar los Cuatro Anillos de la Revelación. Tú usaste uno sólo, y era el anillo equivocado», dijeron las Voces.

Loni miró sus dedos. Estaban heridos, las uñas sucias. No había ningún anillo. Las Voces se rieron.

«Tú sabes de lo que estamos hablando —dijeron—. La virgen, la santa, la mártir, la bruja.»

Loni sabía en su corazón lo que las Voces decían. Pero no se acordaba. Había sabido esto hacía mucho tiempo, en una época en que las personas se vestían diferente, y miraban al mundo de otra manera. En aquel tiempo ella poseía otro nombre, y hablaba otra lengua.

«Son éstas las cuatro maneras en que la mujer comulga con el Universo —las Voces dijeron, como si fuese importante para ella recordar cosas tan antiguas—. La Virgen posee el poder del hombre y de la mujer. Está condenada a la Soledad, pero la Soledad revela sus secretos. Éste es el precio de la Virgen: no necesitar de nadie, consumirse en su amor por todos, y a través de la Soledad descubrir la sabiduría del mundo.»

Loni continuaba mirando al campamento, allí abajo. Sí, lo sabía.

«Y la Mártir —continuaron las Voces—, la Mártir posee el poder de aquellos a quienes el dolor y el sufrimiento no pueden causar daño. Se entrega, sufre, y a través del Sacrificio descubre la sabiduría del mundo.»

Loni volvió a mirar sus manos. Allí, con brillo invisible, el anillo de la Mártir circundaba uno de sus dedos.

«Podías haber escogido la revelación de la Santa, aun cuando no fuera éste su anillo —dijeron las Voces—. La Santa posee el coraje de aquellas para quienes Dar es la única manera de recibir. Son un pozo sin fondo, donde las personas beben sin parar. Y, si falta agua en su pozo, la Santa entrega su sangre, para que las personas no cesen jamás de beber. A través de la Entrega, la Santa descubre la Sabiduría del mundo.»

Las Voces se callaron. Loni escuchó los pasos de Talbo subiendo la escalera de piedra. Sabía cuál era su anillo en esta vida, porque era el mismo que había usado en sus vidas pasadas: cuando tenía otros nombres y hablaba lenguas diferentes. En su anillo, la Sabiduría del Mundo era descubierta a través del Placer.

Pero no quería acordarse de esto. El anillo de la Mártir brillaba, invisible, en su dedo.

Talbo se aproximó. Y de repente, al elevar los ojos hacia él, Loni reparó en que la noche tenía un brillo mágico, como si fuese un día de sol.

«Despierta», decían las Voces.

Pero eran voces diferentes, que ella nunca había escuchado. Sintió a alguien masajeando su pulso izquierdo.

—Vamos, Brida, levanta.

Abrió los ojos y los cerró rápidamente, porque la luz del cielo era muy intensa. La Muerte era algo extraño.

—Abre los ojos —insistió Wicca, una vez más.

Pero ella necesitaba volver al castillo. Un hombre que amaba había salido para buscar al sacerdote. No podía huir así. Él estaba solo y la necesitaba.

—Háblame sobre tu Don.

Wicca no le daba tiempo para pensar. Sabía que ella había participado en algo extraordinario, algo más fuerte que la experiencia del *tarot*. Pero aun así no le daba tiempo. No entendía y no respetaba sus sentimientos; todo lo que quería era descubrir su Don.

—Háblame de tu Don —repitió Wicca otra vez.

Ella respiró hondo, conteniendo su rabia. Pero no había manera. La mujer continuaría insistiendo hasta que ella le contase algo.

—Fui una mujer enamorada de...

Wicca tapó rápidamente su boca. Después se levantó, hizo algunos gestos extraños en el aire y volvió a mirarla.

—Dios es la palabra. ¡Cuidado! Cuidado con lo que hablas, en cualquier situación o instante de tu vida.

Brida no entendía por qué la otra estaba reaccionando así.

—Dios se manifiesta en todo, pero la palabra es uno de sus medios favoritos de actuar. Porque la palabra es el pensamiento transformado en vibración; estás colocando en el aire, a tu alrededor, aquello que antes era sólo energía. Mucho cuidado con todo lo que digas —continuó Wicca.

»La palabra tiene un poder mayor que muchos rituales.

Brida continuaba sin entender. No tenía otra manera de contar su experiencia, sino a través de palabras.

—Cuando te referiste a una mujer —continuó Wicca—, tú no fuiste ella. Tú fuiste una parte de ella. Otras personas pueden haber tenido la misma memoria que tú.

Brida sentíase robada. Aquella mujer era fuerte, y no le gustaría dividirla con nadie más. Además, estaba Talbo.

—Háblame de tu Don —dijo otra vez Wicca. No podía dejar que la chica se quedara deslumbrada con la experiencia. Los viajes en el tiempo generalmente acarreaban muchos problemas.

—Tengo muchas cosas que decir. Y necesito hablar contigo porque nadie más me creerá. Por favor —insistió Brida.

Comenzó a contar todo, desde el momento en que la lluvia goteaba en su rostro. Tenía suerte y no la podía perder: la suerte de estar con alguien que creía en lo extraordinario. Sabía que nadie más la escucharía con el mismo respeto, porque las personas tenían miedo de saber hasta qué punto la vida era mágica; estaban acostumbradas a sus casas, sus empleos, sus expectativas, y si alguien apareciese diciendo que era posible viajar en el tiempo —era posible ver castillos en el Universo, *tarots* que contaban historias, hombres que caminaban por la noche oscura—, las personas se sentirían robadas por la vida, porque ellas no tenían aquello, la vida de ellas era el día siempre igual, la noche siempre igual, los fines de semana iguales.

Por eso, Brida necesitaba aprovechar aquella oportunidad; si las palabras eran Dios, entonces que quedase registrado en el aire que la rodeaba que ella había viajado hasta el pasado, y se acordaba de cada detalle como si fuese el presente, como si fuese el bosque. Así, cuando más tarde alguien consiguiese probarle que no le había sucedido nada de aquello, cuando el tiempo y el espacio hiciesen que ella misma dudase de todo, cuando, finalmente, ella misma estuviese segura de que aquello no había pasado de ser una ilusión, las palabras de aquella tarde, en el bosque, aún estarían vibrando en el aire y por lo menos una persona, alguien para quien la magia era parte de la vida, sabría que todo sucedió en verdad.

Describió el castillo, los sacerdotes con sus ropas negras y amarillas, la visión del valle con las hogueras encendidas, el marido pensando cosas que ella conseguía captar. Wicca escuchó con paciencia, demostrando interés sólo cuando ella relataba las voces que surgían en la cabeza de Loni. En estos momentos interrumpía y preguntaba si eran voces masculinas o femeninas (eran de ambos sexos), si transmitían algún tipo de emoción, como agresividad o consuelo (no, eran voces impersonales) y si ella podía despertar las voces siempre que lo deseara (no lo sabía, no tuvo tiempo para esto).

—O.K., podemos irnos —dijo Wicca, retirando la túnica y colocándola otra vez dentro del bolso. Brida estaba decepcionada, pensó que iba a recibir algún tipo de elogio. O, como mínimo, una explicación. Pero Wicca se parecía a ciertos médicos, que se quedan mirando al paciente con aire impersonal, más interesados en anotar los síntomas que en entender el dolor y el sufrimiento que esos síntomas causan.

Hicieron un largo viaje de regreso. Cada vez que Brida quería tocar el tema, Wicca se mostraba interesada en el aumento del coste de vida, en el tránsito congestionado del final de la tarde y en las dificultades que el administrador de su edificio estaba creando.

Sólo cuando estuvieron sentadas de nuevo en los dos sillones es cuando Wicca comentó la experiencia.

—Quiero decirte una cosa —empezó—. No te preocupes en explicar emociones. Vive todo intensamente, y guarda lo que sentiste como una dádiva de Dios. Si crees que no vas a conseguir aguantar un mundo donde vivir es más importante que entender, entonces, desiste de la magia.

»La mejor manera de destruir el puente entre lo visible y lo invisible es intentando explicar las emociones.

Las emociones eran caballos salvajes, y Brida sabía que en ningún momento la razón conseguía dominarlas por completo. Cierta vez tuvo un amor que se había ido por una razón cualquiera. Brida se quedó en su casa durante meses, explicándose todo el día a sí misma los centenares de defectos, los millares de inconvenientes de aquella relación. Pero todas las mañanas al despertarse pensaba en él, y sabía que si él la telefonease, ell terminaría aceptando el encuentro.

El perro, en la cocina, ladró. Brida sabía que era un código, la visita había concluido.

—¡Por favor, ni siquiera conversamos! —imploró ella—. Y necesitaba hacerte por lo menos dos preguntas.

Wicca se levantó. La chica siempre se las arreglaba para tener preguntas importantes justo a la hora de salir.

—Quería saber si los sacerdotes que vi realmente existieron.

—Tenemos experiencias extraordinarias y menos de dos horas después estamos intentando convencernos a nosotros mismos de que son producto de nuestra imaginación —dijo Wicca, mientras se dirigía al estante. Brida recordó lo que había pensado en el bosque sobre las personas que tienen miedo de lo extraordinario. Y sintió vergüenza de ella misma.

Wicca volvió con un libro en las manos.

—Los cátaros, o los Perfectos, eran sacerdotes de una iglesia creada en el sur de Francia a fines del siglo XII. Creían en la reencarnación y en el Bien y el Mal absolutos. El mundo estaba dividido entre los elegidos y los perdidos. No servía de nada intentar convertir a alguien.

»El desprendimiento de los cátaros en relación a los valores terrenales hizo que los señores feudales de la región del Languedoc adoptasen su religión; de esta forma no necesitaban pagar los pesados impuestos que la Iglesia Católica exigía en aquella época. Al mismo tiempo, como los buenos y los malos ya estaban definidos antes de nacer, los cátaros tenían una actitud muy tolerante en relación al sexo y, principalmente, a la mujer. Eran rigurosos solamente con aquellos que recibían la ordenación sacerdotal.

»Todo iba muy bien hasta que el catarismo comenzó a difundirse por muchas ciudades. La Iglesia Católica sintió la amenaza y convocó una cruzada en contra de los herejes. Durante cuarenta años, cátaros y católicos trabaron batallas sangrientas, pero las fuerzas legalistas, con el apoyo de varias naciones, consiguieron finalmente destruir todas las ciudades que habían adoptado la nueva religión. Faltó apenas la fortaleza de Monsègur, en los Pirineos, donde los cátaros resistieron hasta que el camino secreto −por donde recibían ayuda− fue descubierto. Una mañana de marzo de 1244, después de la rendición del castillo, doscientos veinte cátaros se tiraron cantando en la inmensa hoguera encendida en la base de la montaña donde el castillo había sido construido.

Wicca dijo todo aquello con el libro cerrado en su falda. Fue al acabar la historia cuando abrió sus páginas y buscó una fotografía.

Brida miró la foto. Eran ruinas, con casi toda la torre en pedazos, mas las murallas intactas. Allí estaba el patio, la escalera por donde Loni y Talbo habían subido, la roca que se mezclaba con la muralla y la torre.

−Dijiste que tenías otra pregunta que hacerme.

La pregunta había perdido importancia. Brida ya no podía pensar bien. Se sentía rara. Con algún esfuerzo, se acordó de lo que quería saber.

−Quiero saber por qué pierdes el tiempo conmigo. Por qué quieres enseñarme.

−Porque así lo manda la tradición −respondió Wicca−. Tú te dividiste poco en las sucesivas encarnaciones. Perteneces al mismo tipo de gente que mis amigos y yo. Nosotros somos las personas encargadas de mantener la Tradición de la Luna.

»Tú eres una bruja.

Brida no prestó atención a lo que dijo Wicca. Ni siquiera le pasó por la cabeza que tenía que fijar una nueva cita; todo lo que ella quería en aquel momento era irse, descubrir cosas que la devolviesen a un mundo familiar; una infiltración en la pared, un paquete de cigarrillos caído en el suelo, alguna correspondencia olvidada encima de la mesa del portero.

«Tengo que trabajar mañana.» Estaba de repente preocupada por el horario.

En el trayecto de regreso a su casa, empezó a hacer una serie de cálculos sobre la facturación de las exportaciones de su firma durante la semana anterior, y consiguió descubrir una manera de simplificar ciertos procedimientos en la oficina. Se puso muy contenta: a su jefe podría gustarle lo que estaba haciendo y, quién sabe, darle un aumento.

Llegó a casa, cenó, vio un poco la televisión. Después pasó los cálculos sobre las exportaciones al papel. Y cayó exhausta en la cama.

La facturación de las exportaciones había adquirido importancia en su vida. Era por trabajar en este tipo de cosas por lo que le pagaban.

Lo demás no existía. Lo demás era mentira.

Durante una semana, Brida se despertó siempre a la hora marcada, trabajó en la firma de exportaciones con la mayor dedicación posible y recibió merecidos elogios del jefe. No perdió ni una sola clase de la facultad, y se interesó por todos los asuntos de todas las revistas que estaban en todos los quioscos. Todo lo que tenía que hacer era no pensar. Cuando, sin querer, se acordaba de que conoció a un Mago en la montaña y a una bruja en la ciudad, las pruebas del próximo semestre y el comentario que cierta amiga había hecho sobre otra amiga, alejaban estos recuerdos.

Llegó el viernes, y su novio fue a buscarla a la puerta de la facultad, para ir al cine. Después, fueron al bar acostumbrado, charlaron sobre la película, los amigos y sobre lo que les había sucedido en sus respectivos trabajos. Encontraron amigos que salían de una fiesta y cenaron con ellos, dando gracias a Dios porque en Dublín siempre hubiese un restaurante abierto.

A las dos de la madrugada los amigos se despidieron, y los dos decidieron ir a casa de ella. En cuanto llegaron, ella puso un disco de Iron Butterfly y sirvió un whisky doble para cada uno. Se quedaron abrazados en el sofá, en silencio y distraídos, mientras él acariciaba sus cabellos y después sus senos.

—Fue una semana de locura —dijo ella, de repente—. Trabajé

sin parar, preparé todos los exámenes e hice todas las compras que estaban faltando.

Acabó el disco, y ella se levantó para darle vuelta.

—¿Sabes la puerta del armario de la cocina, aquella que se había despegado? Finalmente conseguí encontrar un momento para llamar a alguien que la arreglase. Y tuve que ir varias veces al banco. Una para buscar el dinero que papá me envió, otra para depositar cheques de la firma y otra...

Lorens la estaba mirando fijamente.

—¿Por qué me estás mirando? —dijo.

Su tono de voz era agresivo. Aquel hombre frente a ella, siempre quieto, siempre mirando, incapaz de decir algo inteligente, era una situación absurda. No lo necesitaba. No necesitaba a nadie.

—¿Por qué me estás mirando? —insistió.

Pero él no dijo nada. Se levantó también y, con todo cariño, la llevó de vuelta al sofá.

—No escuchas nada de lo que te digo —clamó Brida, desconcertada.

Lorens se apoyó nuevamente en su regazo.

«Las emociones son caballos salvajes.»

—Cuéntame todo —le dijo Lorens, con ternura—. Sabré escuchar y respetar tu decisión. Aunque sea otro hombre. Aunque sea una despedida.

»Estamos juntos desde hace algún tiempo. No te conozco por completo. No sé cómo eres. Pero sé cómo no eres. Y tú no has sido tú durante toda la noche.

Brida tuvo ganas de llorar. Pero ya había gastado muchas lágrimas con noches oscuras, con *tarots* que hablaban, con bosques encantados. Las emociones eran caballos salvajes, al final no quedaba más que liberarlos.

Se sentó delante de él, recordando que tanto al Mago como a Wicca les gustaba esta posición. Después, sin interrupciones, contó todo lo que había pasado desde su encuentro con el Mago en la montaña. Lorens escuchó en silencio total. Cuando ella mencionó la fotografía, Lorens le preguntó si, en alguno de sus cursos, ella ya había oído hablar de los cátaros.

—Sé que no crees nada de lo que te he contado —respondió—. Crees que fue mi inconsciente, que yo recordé cosas que ya sabía. No, Lorens, nunca había oído hablar de los cátaros antes. Pero sé que tienes explicaciones para todo.

Su mano temblaba, sin que se pudiera controlar. Lorens se levantó, cogió una hoja de papel e hizo dos agujeros, a una distancia de 20 centímetros uno del otro. Colocó la hoja en la mesa, apoyada en la botella de whisky, de modo que quedara vertical.

Después fue hasta la cocina y trajo un tapón de corcho. Se sentó a la cabecera de la mesa y empujó el papel con la botella hacia el otro extremo. A continuación, se puso el tapón en la frente.

—Ven aquí —le dijo.

Brida se levantó. Estaba intentando esconder las manos trémulas, pero él parecía no darle la menor importancia.

—Vamos a imaginar que este tapón es un electrón, una de las pequeñas partículas que componen el átomo, ¿has entendido?

Ella afirmó con la cabeza.

—Pues bien, presta atención. Si tuviese aquí conmigo ciertos aparatos complicadísimos que me permiten dar un «tiro de electrón», y si disparase en dirección a aquella hoja, él pasaría por los dos agujeros al mismo tiempo, ¿lo sabías? Sólo que pasaría por los dos agujeros *sin dividirse*.

—No me lo creo —dijo ella—. Es imposible.

Lorens cogió la hoja y la tiró a la basura. Después guardó el tapón en el lugar de donde lo había sacado: era una persona muy organizada.

—No lo creas, pero es verdad. Todos los científicos saben esto, aun cuando no consigan explicarlo.

»Yo tampoco creo en nada de lo que me dijiste. Pero sé que es verdad.

Las manos de Brida aún temblaban. Pero ella no lloraba ni perdía el control. Todo lo que percibió fue que el efecto del alcohol había pasado completamente. Estaba lúcida, con una lucidez extraña.

—¿Y qué es lo que los científicos hacen ante los misterios de la ciencia?

—Entran en la Noche Oscura, para usar el término que tú me enseñaste. Sabemos que el misterio no nos abandonará nunca, entonces aprendemos a aceptarlo y a convivir con él.

»Pienso que esto está presente en muchas situaciones de la vida. Una madre que educa a un hijo debe sentirse buceando en la Noche Oscura. O un emigrante que va lejos de su patria en busca de trabajo y dinero. Todos creen que sus esfuerzos serán recompensados, y que un día van a entender lo que sucedió en el camino y que, en su momento, parecían tan asustados.

»No son las explicaciones las que nos hacen avanzar; es nuestra voluntad de seguir adelante.

Brida sintió de repente un cansancio inmenso. Necesitaba dormir. El sueño era el único reino mágico en el que había conseguido entrar.

Aquella noche tuvo un lindo sueño, con mares e islas cubiertas de árboles. Se despertó de madrugada, y se alegró de que Lorens estuviera durmiendo a su lado. Se levantó y fue hasta la ventana de su cuarto, a mirar Dublín adormecido.

Se acordó de su padre, que acostumbraba a hacer esto cuando ella se despertaba con miedo. El recuerdo trajo también otra escena de su infancia.

Estaba en la playa con su padre, y él le pidió que probara si la temperatura del agua era buena. Ella tenía cinco años, y se entusiasmó de poder ayudar; fue hasta la orilla y se mojó los pies.

—Metí los pies, está fría —le dijo.

El padre la cogió en brazos, fue con ella hasta la orilla del mar y sin ningún aviso la tiró dentro del agua. Ella se asustó, pero después se divirtió con la broma.

—¿Cómo está el agua? —preguntó el padre.

—Está buena —respondió.

—Entonces, de aquí en adelante, cuando quieras saber alguna cosa, zambúllete en ella.

Había olvidado esta lección con mucha rapidez. A pesar de tener solamente 21 años, ya se había interesado por muchas cosas, y desistido con la misma rapidez con que se entusiasmaba por ellas. No tenía miedo a las dificultades: lo que la asustaba era la obligación de tener que escoger un camino.

Escoger un camino significaba abandonar otros. Tenía una vida entera para vivir, y siempre pensaba que quizá se arrepintiera, en el futuro, de las cosas que quería hacer ahora.

«Tengo miedo de comprometerme», pensó. Quería recorrer todos los caminos posibles, e iba a acabar no recorriendo ninguno.

Ni siquiera en lo más importante de su vida, el amor, había conseguido ir hasta el final; después de la primera decepción, nunca más se entregó por completo. Temía el sufrimiento, la pérdida, la inevitable separación. Claro, estas cosas estaban siempre presentes en el camino del amor: y la única manera de evitarlas era renunciando a recorrerlo. Para no sufrir, era preciso también no amar.

Como si, para no ver las cosas malas de la vida, terminase necesitando agujerearse los ojos.

«Es muy complicado vivir.»

Había que correr riesgos, seguir ciertos caminos, y abandonar otros. Se acordó de Wicca hablando de las personas que siguen los caminos tan sólo para probar que no sirven para ellas. Pero esto no era lo peor. Lo peor era escoger, y pasarse el resto de la vida pensando si se escogió bien. Ninguna persona era capaz de escoger sin miedo.

No obstante, ésta era la ley de la vida. Ésta era la Noche Oscura, y nadie podía huir de la Noche Oscura, aunque jamás tomase una decisión, aunque no tuviese valor para cambiar nada; porque esto en sí ya era una decisión, un cambio. Y sin los tesoros escondidos en la Noche Oscura.

Lorens podía tener razón. Al final se reirían de los miedos que tuvieron al comienzo. Tal como ella se rió de las serpientes y escorpiones que colocó en el bosque. En su desesperación no se había acordado de que el santo patrono de Irlanda, san Patricio, había expulsado a todas las serpientes del país.

—¡Qué suerte que existas, Lorens! —dijo bajito, por miedo a que él la oyese.

Volvió a meterse en la cama y el sueño vino rápido. Antes, no obstante, recordó otra historia más con su padre. Era domingo y estaba la familia reunida comiendo en casa de su abuela. Ella ya debía de tener unos catorce años, y estaba quejándose de que no conseguía hacer determinado trabajo para la escuela porque todo lo que empezaba a hacer terminaba completamente mal.

—Quizás estos fracasos te estén enseñando algo —dijo su padre. Pero Brida insistía en que no; que ella había entrado por un camino equivocado, y ahora no había más remedio.

El padre la cogió de la mano y fueron hasta la sala donde la abuela acostumbraba a ver la televisión. Allí había un gran reloj de pie, antiguo, que estaba parado desde hacía muchos años por falta de piezas.

—No existe nada completamente errado en el mundo, hija mía —dijo el padre, mirando el reloj—. Hasta un reloj parado consigue estar acertado dos veces al día.

Caminó algún tiempo por la montaña, hasta encontrar al Mago. Estaba sentado en una roca, muy cerca de la cima, contemplando el valle y las montañas que quedaban al Oeste. El lugar tenía una vista bellísima, y Brida recordó que los espíritus preferían estos lugares.

—¿Puede ser que Dios sea únicamente el Dios de la Belleza? —dijo, mientras se aproximaba—. ¿Y cómo quedan las personas y los lugares feos de este mundo?

El Mago no respondió. Brida se quedó desconcertada.

—Quizá no se acuerde de mí. Estuve aquí hace dos meses. Pasé una noche entera, sola, en el bosque. Y, me prometí a mí misma que volvería sólo cuando descubriese mi camino.

»Conocí a una mujer llamada Wicca.

El Mago pestañeó, y sabía que la chica no había percibido nada. Pero se rió de la gran ironía del destino.

—Wicca me dijo que yo soy una bruja —continuó la chica.

—¿No confías en ella?

Fue la primera pregunta que el Mago hizo desde que ella se había acercado. Brida se alegró porque eso demostraba que la estaba escuchando, pues hasta aquel momento no estaba segura.

—Confío —respondió—. Y confío en la Tradición de la Luna. Pero sé que la Tradición del Sol me ayudó, cuando me obligó a comprender la Noche Oscura. Por eso estoy aquí de nuevo.

—Entonces siéntate y contempla la puesta de sol —dijo el Mago.

—No me voy a quedar otra vez sola en el bosque —respondió ella—. La última vez que estuve...

El Mago la interrumpió:

—No digas eso. Dios está en las palabras.

Wicca había dicho lo mismo.

—¿Qué es lo que he dicho mal?

—Si dices que fue la «última» puede transformarse realmente en la última. En verdad, lo que quisiste decir fue «la vez más reciente que estuve...».

Brida se quedó preocupada. Iba a tener que controlar mucho las palabras, de ahora en adelante. Resolvió sentarse y quedarse quieta, haciendo lo que el Mago le había dicho: contemplando la puesta de sol.

Contemplar la puesta de sol la ponía nerviosa. Aún faltaba casi una hora para el crepúsculo, y Brida tenía mucho que conversar, mucho que decir y preguntar. Siempre que se veía parada, contemplando alguna cosa, tenía la sensación de estar desperdiciando un tiempo precioso en su vida, dejando de hacer cosas y de encontrar personas; podía siempre aprovechar su tiempo de manera mucho mejor, pues todavía había mucho que aprender. Sin embargo, a medida que el sol se aproximaba al horizonte y que las nubes se iban llenando de rayos dorados y de color de rosa, Brida tenía la sensación de que toda su lucha en la vida era para un día poderse sentar y contemplar una puesta de sol igual a aquélla.

—¿Sabes rezar? —preguntó el Mago en cierto momento.

Claro que Brida sabía. Cualquier persona en el mundo sabía rezar.

—Pues entonces, en cuanto el sol toque en el horizonte, haz una plegaria. En la Tradición del Sol, es a través de las plegarias como las personas comulgan con Dios. La plegaria, cuando se hace con palabras del alma, es mucho más poderosa que todos los rituales.

—No sé rezar, porque mi alma está en silencio —respondió Brida.

El Mago rió.

—Sólo los grandes iluminados tienen el alma en silencio.

—Entonces, ¿por qué no sé rezar con el alma?

—Porque te falta humildad para escucharla y saber lo que desea. Tú tienes vergüenza de escuchar los pedidos de tu alma. Y tienes miedo de llevar esos pedidos hasta Dios, porque piensas que Él no tiene tiempo para preocuparse por esto.

Estaba frente a una puesta de sol, y al lado de un sabio. No obstante, siempre que en su vida acontecían momentos como éste, se quedaba con la impresión de que no merecía nada de aquello.

—Me encuentro indigna, sí. Creo que la búsqueda espiritual fue hecha para personas mejores que yo.

—Esas personas, si es que existen, no necesitan buscar nada. Ellas ya son la propia manifestación del espíritu. La búsqueda fue hecha para gente como nosotros.

«Como nosotros», había dicho. Y, sin embargo, estaba muchos pasos por delante de ella.

—Dios está en las alturas, tanto en la Tradición del Sol como en la Tradición de la Luna —dijo Brida, entendiendo que la Tradición era la misma, y diferente sólo la manera de enseñar—. Entonces, enséñame a rezar, por favor.

El Mago se giró directamente hacia el sol y cerró los ojos.

—Somos seres humanos y desconocemos nuestra grandeza, Señor. Danos la humildad de pedir lo que necesitamos, Señor, porque ningún deseo es vano y ningún pedido es fútil. Cada cual sabe con qué alimentar su alma; dadnos el valor de contemplar nuestros deseos como venidos de la fuente de Tu Eterna Sabiduría. Sólo aceptando nuestros deseos es como podemos tener una idea de quiénes somos, Señor. Amén.

»Ahora es tu turno —dijo el Mago.

—Señor, haz que entienda que todo lo que me sucede de bueno en la vida es porque lo merezco. Haz que entienda que lo que me mueve a buscar Tu verdad es la misma fuerza que movió a los santos, y que las dudas que yo tengo son las mismas dudas que los santos tuvieron, y que las debilidades que siento son las mismas debilidades que los santos sintieron. Haz que yo sea lo suficientemente humilde como para aceptar que no soy diferente de los otros, Señor. Amén.

Quedáronse en silencio, mirando la puesta de sol, hasta que el último rayo de aquel día abandonó a las nubes. Sus almas rezaban, pedían cosas y daban gracias por estar juntas.

—Vamos hasta el bar de la aldea —dijo el Mago.

Brida se volvió a poner los zapatos y comenzaron a bajar. Una vez más se acordó del día en que había ido a la montaña a buscarlo. Se prometió a sí misma que sólo volvería a contar esta historia una vez más en su vida; no necesitaba continuar convenciéndose a sí misma.

El Mago miró a la chica bajando delante de él, procurando mostrarse familiar con el suelo húmedo y con las piedras, y tropezando a cada instante. Su corazón se alegró un poco, pero pronto volvió a ponerse en guardia.

A veces, ciertas bendiciones de Dios entran astillando todas las vidrieras.

Era agradable que Brida estuviese a su lado, pensó el Mago, mientras descendían la montaña. También él era un hombre igual a todos los hombres, con las mismas flaquezas, las mismas virtudes, y aún hoy, no estaba acostumbrado al papel de Maestro. Al principio, cuando personas venidas de varios lugares de Irlanda llegaban a aquel bosque en busca de sus enseñanzas, él hablaba de la Tradición del Sol y pedía a las personas que comprendiesen lo que estaba a su alrededor. Allí, Dios había guardado Su sabiduría, y todos eran capaces de comprenderla a través de unas pocas prácticas, nada más. La manera de enseñar según la Tradición del Sol había sido ya descrita hace dos mil años por el Apóstol: «Y en medio de vos estuve como un débil y tímido, lleno de gran temor; mi palabra y mi prédica no consistieron en discursos llenos de sabiduría, sino en la demostración del Espíritu y de la fuerza divina, para que vuestra fe no se fundase en sabiduría humana, sino en la fuerza de Dios.»

No obstante, las personas parecían incapaces de entender lo que explicaba sobre la Tradición del Sol, y se quedaban decepcionadas porque era un hombre como todos los demás.

Él decía que no, que él era un maestro, y todo lo que estaba haciendo era dar a cada uno los medios propios para adquirir Sabiduría. Pero ellas necesitaban mucho más: necesitaban un guía. No entendían la Noche Oscura, no entendían que cualquier guía en la Noche Oscura iluminaría, con su linterna, apenas aquello que él mismo quisiese ver. Y, si por casualidad, esta linterna se apagase, las personas estarían perdidas, por no conocer el camino de regreso.

Pero necesitan un guía. Y, para ser un buen Maestro, también tenía que aceptar las necesidades de los otros.

Entonces pasó a rellenar sus enseñanzas con cosas innecesarias, más fascinantes, de modo que todos fuesen capaces de aceptar y de aprender. El método dio resultado. Las personas aprendían la Tradición del Sol, y cuando finalmente llegaban a entender que muchas cosas que el Mago había mandado hacer eran absolutamente inútiles, se reían de sí mismas. Y el Mago quedaba contento, porque finalmente había conseguido aprender a enseñar.

Brida era una persona diferente. Su oración había tocado hondo el alma del Mago. Ella conseguía entender que ningún ser humano que pisó este planeta fue o es diferente a los otros. Pocas personas eran capaces de decir en voz alta que los grandes Maestros del pasado tuvieron las mismas cualidades y los mismos defectos que todos los hombres, y esto no disminuyó ni siquiera un poco su capacidad de buscar a Dios. Juzgarse peor que los otros era uno de los más violentos actos de orgullo que él conocía, porque era usar la manera más destructiva de ser diferente.

Cuando llegaron al bar, el Mago pidió dos vasos de whisky.

—Mira a las personas —dijo Brida—. Deben de venir aquí todas las noches. Deben de hacer siempre lo mismo.

El Mago ya no estaba tan convencido de que Brida realmente se juzgase igual que los otros.

—Estás demasiado preocupada por las personas —respondió—. Ellas son un espejo de ti misma.

—Lo sé. Había descubierto lo que era capaz de ponerme alegre o triste. Y, de repente, entendí que era preciso cambiar esos conceptos. Pero es difícil.

—¿Qué te hizo cambiar de idea?

—El Amor. Conozco a un hombre que me completa. Hace tres días, él me mostró que su mundo también está lleno de misterios. Entonces no estoy sola.

El Mago se quedó impasible. Pero se acordó de las bendiciones de Dios que astillan las vidrieras.

—¿Tú le amas?

—Descubrí que puedo amarlo aún más. Si este camino no me enseña nada nuevo a partir de ahora, por lo menos habré aprendido algo importante: es preciso correr riesgos.

Él había preparado una gran noche, mientras descendían la montaña. Quería mostrar cuánto la necesitaba, mostrar que era un hombre como todos los demás, cansado de tanta soledad. Pero todo lo que ella quería eran respuestas a sus preguntas.

—Existe algo extraño en el aire —dijo la joven. El ambiente parecía haber cambiado.

—Son los Mensajeros —respondió el Mago—. Los demonios artificiales, aquellos que no forman parte del brazo izquierdo de Dios, aquellos que no nos conducen a la luz.

Sus ojos estaban brillando. Realmente algo había cambiado y él hablaba de demonios.

—Dios creó a la legión de Su Brazo Izquierdo para perfeccionarnos, para que sepamos qué hacer con nuestra misión —continuó él—. Pero dejó a cargo del hombre el poder de concentrar las fuerzas de las tinieblas, y crear sus propios demonios.

Eso era lo que él estaba haciendo ahora.

—También podemos concentrar las fuerzas del bien —dijo la joven, un poco asustada.

—No podemos.

Era conveniente que ella preguntase algo, tenía que distraerse. No quería crear un demonio. En la Tradición del Sol, eran llamados Mensajeros, y podían hacer mucho bien, o mucho mal; sólo a los grandes Maestros estaba permitido invocarlos. Él era un gran Maestro, pero no quería hacer eso ahora, porque la fuerza del Mensajero era peligrosa, principalmente cuando estaba mezclada con las decepciones del amor.

Brida estaba desorientada con la respuesta. El Mago actuaba de una manera extraña.

—No podemos concentrar el Bien —continuó él, haciendo un inmenso esfuerzo para prestar atención a sus propias palabras—. La Fuerza del Bien siempre se esparce, como la Luz. Cuando tú emanas las vibraciones del Bien, beneficias a toda la Humanidad. Pero cuando concentras las fuerzas del Mensajero, estás beneficiando, o perjudicando, solamente a ti misma.

Sus ojos estaban brillando. Llamó al dueño del bar y pagó la cuenta.

—Vamos a mi casa —dijo—. Voy a preparar un té y me dirás cuáles son las preguntas importantes de tu vida.

Brida vaciló. Él era un hombre atrayente. Ella también era una mujer atrayente. Tenía miedo de que aquella noche pudiera estropear su aprendizaje.

«Tengo que correr riesgos», se repitió a sí misma.

La casa del Mago estaba un poco alejada del pueblo. Brida notó que, a pesar de ser bastante diferente de la casa de Wicca, era confortable y bien decorada. Sin embargo, no había ningún libro a la vista: predominaba el espacio vacío, con pocos muebles.

Fueron a la cocina a preparar el té y volvieron a la sala.

—¿Qué has venido a hacer hoy aquí? —preguntó el Mago.

—Me prometí a mí misma que volvería el día en que ya supiese algo.

—¿Y ya sabes?

—Un poco. Sé que el camino es simple, y por eso más difícil de lo que había pensado. Pero simplificaré mi alma. Ésta es la primera pregunta: ¿Por qué pierdes el tiempo conmigo?

«Porque tú eres mi Otra Parte», pensó el Mago.

—Porque también necesito a alguien con quien conversar —respondió él.

—¿Qué piensas del camino que elegí, el de la Tradición de la Luna?

El Mago tenía que decir la verdad. Aun prefiriendo que la verdad fuese otra.

—Era tu camino. Wicca tiene toda la razón. Tú eres una hechicera. Vas a aprender en la memoria del Tiempo las lecciones que Dios enseñó.

Y se quedó pensando por qué la vida era así, por qué había encontrado una Otra Parte cuya única manera posible de aprender era a través de la Tradición de la Luna.

—Tengo sólo una pregunta más —dijo Brida. Se estaba haciendo tarde, dentro de poco ya no habría autobús—. Necesito saber la respuesta, y sé que Wicca no me la enseñará. Lo sé porque ella es una mujer igual que yo, será siempre mi Maestra pero, en lo relativo a este asunto, será siempre una mujer.

»Quiero saber cómo encontrar a mi Otra Parte.

«Está frente a ti», pensó el Mago.

Pero no respondió. Fue hasta un rincón de la sala y apagó las luces. Dejó encendida apenas una escultura de acrílico, en la que Brida no había reparado cuando entró; dentro contenía agua, y burbujas que subían y bajaban, llenando el ambiente con rayos rojos y azules.

—Ya nos hemos encontrado dos veces —dijo el Mago, con los ojos fijos en la escultura—. Sólo tengo permiso de enseñar a través de la Tradición del Sol. La Tradición del Sol despierta en las criaturas la sabiduría ancestral que poseen.

—¿Cómo puedo descubrir a mi Otra Parte por la Tradición del Sol?

—Ésta es la gran búsqueda de las personas sobre la faz de la Tierra. —El Mago repitió, sin querer, las mismas palabras que Wicca. Quizás hubiesen aprendido con el mismo Maestro, pensó Brida—. Y la Tradición del Sol colocó en el mundo, para que todas las personas la viesen, la señal de su Otra Parte: el brillo en los ojos.

—Ya he visto muchos ojos brillar —dijo Brida—. Hoy mismo, en el bar, vi tus ojos brillar. Ésta es la forma en que todas las personas buscan.

«Ya olvidó su oración —pensó el Mago. Estaba otra vez creyendo que era diferente de los otros—. Es incapaz de reconocer lo que Dios le muestra tan generosamente.»

—No entiendo los ojos —insistió ella—. Quiero saber cómo las personas descubren su Otra Parte por la Tradición de la Luna.

El Mago se giró hacia Brida. Sus ojos estaban fríos y sin expresión.

—Estás triste por mí, lo sé —continuó ella—. Triste porque aún no consigo aprender a través de las cosas simples. Lo que tú no entiendes es que las personas sufren, se buscan y se matan por amor, sin saber que están cumpliendo la misión divina de encontrar su Otra Parte. Olvidaste, porque eres un sabio y no te acuerdas de las personas comunes, que traigo milenios de desilusión conmigo, y ya no consigo aprender ciertas cosas a través de la simplicidad de la vida.

El Mago permaneció impasible.

—Un punto —dijo él—. Un punto brillante encima del hombro izquierdo de la Otra Parte. Es así en la Tradición de la Luna.

—Es hora de irme —dijo ella. Y deseó que le pidiera que se quedara. Le gustaba estar allí. Él había respondido a su pregunta.

El Mago, no obstante, se levantó y la acompañó hasta la puerta.

—Voy a aprender todo lo que tú sabes —dijo ella—. Voy a descubrir cómo se ve ese punto.

El Mago esperó a que Brida desapareciese de la carretera. Había un autobús de regreso a Dublín en la próxima media hora, y no tenía por qué preocuparse. Después, fue hasta el jardín y ejecutó el ritual de todas las noches; estaba acostumbrado a hacer aquello, pero a veces necesitaba mucho esfuerzo para alcanzar la concentración necesaria. Hoy estaba particularmente dispersivo.

Cuando acabó el ritual, se sentó en el umbral de la puerta y se quedó mirando al cielo. Pensó en Brida. Podía verla en el autobús, con el punto luminoso en el hombro izquierdo, que sólo él era capaz de reconocer, porque ella era su Otra Parte.

Pensó cuán ansiosa debía de estar por concluir una búsqueda que había empezado el día de su nacimiento. Pensó en cómo estaba fría y distante desde que llegaron a su casa, y cómo aquello era una buena señal. Significaba que estaba confusa con sus propios sentimientos; se estaba defendiendo de lo que no podía comprender.

Pensó también, con cierto temor, que estaba enamorada.

—No existen personas que no consigan encontrar su Otra Parte, Brida —dijo el Mago, en voz alta, a las plantas de su jardín. Pero en el fondo se dio cuenta de que también él, a pesar de conocer desde hacía tantos años la Tradición, necesitaba aún reforzar su fe, y estaba hablando para sí mismo.

»Todos nosotros, en algún momento de nuestras vidas, nos cruzamos con ella y la reconocemos —continuó—. Si yo no fuese un Mago, y no viese el punto en tu hombro izquierdo, tardaría un poco más en aceptarte. Pero tú lucharías por mí, y un día yo percibiría el brillo en tus ojos.

»Soy un Mago, no obstante, y ahora soy yo quien necesita luchar por ti. Para que todo mi conocimiento se transforme en sabiduría.

Permaneció mucho tiempo mirando la noche y pensando en Brida en el autobús. Hacía más frío que de costumbre, el verano iba a acabar en breve.

—Tampoco existe riesgo en el Amor, y tú aprenderás esto por ti misma. Hace millares de años que las personas se buscan y se encuentran.

Pero, de repente, se dio cuenta de que podía estar equivocado. Había siempre un riesgo, un único riesgo.

Que una misma persona se cruzase con más de una Otra Parte en la misma encarnación.

Esto también sucedía desde hacía milenios.

Invierno y primavera

Durante los dos meses siguientes, Wicca inició a Brida en los primeros misterios de la hechicería. Según ella, las mujeres aprendían estos temas más rápidamente que los hombres, porque cada mes tenía lugar en sus cuerpos el ciclo completo de la Naturaleza: nacimiento, vida y muerte. «El Ciclo de la Luna», dijo ella.

Brida tuvo que comprar un cuaderno y dedicarlo especialmente a registrar todas sus experiencias síquicas a partir de su primer encuentro. El cuaderno tenía que estar siempre actualizado, y debía tener en la tapa una estrella de cinco puntas, que asociaba todo lo que estaba escrito a la Tradición de la Luna. Wicca le contó que todas las hechiceras poseían un cuaderno como aquél, conocido como el *Libro de las Sombras*, en homenaje a las hermanas muertas durante cuatro siglos de caza a las hechiceras.

—¿Por qué tengo que hacer todo esto?

—Tenemos que despertar el Don. Sin él, todo lo que puedes conocer son los Pequeños Misterios. El Don es tu manera de servir al mundo.

Brida tuvo que reservar un rincón de su casa que no usara mucho para montar un pequeño oratorio con una vela encendida día y noche. La vela, según la Tradición de la Luna, era el símbolo de los cuatro elementos, y contenía en sí la tierra del pabilo, el agua de la parafina, el fuego que quemaba y el aire que permitía que el fuego quemase. La vela era también importante para recordar que había una misión que cumplir, y que ella estaba involucrada en aquella misión. Sólo la vela debía quedar visible −el resto tenía que estar escondido dentro de un estante o de un cajón−; desde la Edad Media la Tradición de la Luna exigía que las brujas rodeasen sus actividades del máximo secreto; varias profecías avisaban que las Tinieblas retornarían al final del milenio.

Siempre que Brida llegaba a casa y miraba la llama de la vela encendida, sentía una responsabilidad extraña, casi sagrada.

Wicca le ordenó que siempre prestase atención al ruido del mundo. «En cualquier lugar donde estés, puedes escuchar el ruido del mundo −dijo la hechicera−. Es un ruido que no para nunca, que está presente en las montañas, en la ciudad, en los cielos y en el fondo del mar. Este ruido, parecido a una vibración, es el Alma del Mundo transformándose, caminando hacia la luz. La hechicera debe estar atenta a esto, porque ella es una pieza importante en esa caminata.»

Wicca también explicó que los Antiguos hablaban con nuestro mundo a través de los símbolos. Incluso aunque nadie estuviese escuchando, aunque el lenguaje de los símbolos hubiese sido olvidado por casi todos, los Antiguos no paraban nunca de conversar.

−¿Son seres como nosotros? −preguntó Brida, cierto día.

−Nosotros somos ellos. Y de repente entendemos todo aquello que descubrimos en las vidas pasadas, y todo lo que los grandes sabios dejaron escrito en el Universo. Jesús dijo: «El Reino de los Cielos es semejante a un hombre que lanzó la semilla a la tierra: duerme y despierta, de noche y de día, pero la simiente germina y crece sin que él sepa cómo.

»La raza humana bebe siempre de esta fuente inagotable, y cuando todos dicen que ella está perdida, encuentra una manera de sobrevivir. Sobrevivió cuando los monos expulsaron a los hombres de los árboles, cuando las aguas cubrieron la tierra. Y sobrevivirá cuando todos se estén preparando para la catástrofe final.

»Somos responsables del Universo, porque nosotros somos el Universo.

Cuanto más estaba a su lado, más notaba Brida lo bonita que era.

Wicca continuó enseñándole la Tradición de la Luna. Mandó que hiciese un puñal con una lámina con filo a ambos lados, y que fuese irregular como una llama. Brida buscó en varias tiendas, sin conseguir encontrar nada parecido; pero Lorens resolvió el problema pidiendo a un químico metalúrgico, que trabajaba en la Universidad, que hiciera una lámina así. Después, él mismo entalló un cabo de madera y le dio el puñal de regalo. Era su manera de decir que respetaba la búsqueda de Brida.

El puñal fue consagrado por Wicca, en un ritual complicado que mezclaba palabras mágicas, dibujos con carbón en la lámina y algunos golpes usando una cuchara de palo. El puñal debía ser utilizado como una prolongación de su propio brazo, manteniendo toda la energía del cuerpo concentrada en la lámina. Por eso las hadas usaban una varita mágica y los magos necesitaban una espada.

Cuando Brida se mostró sorprendida por el carbón y la cuchara de palo, Wicca dijo que, en la época de la caza de brujas, las hechiceras se veían obligadas a utilizar materiales que pudiesen ser confundidos con objetos de la vida cotidiana. Esta tradición se mantuvo a través del tiempo en el caso de la lámina, del carbón y de la cuchara de palo. Los verdaderos materiales que los Antiguos usaban se habían perdido por completo.

Brida aprendió a quemar incienso y a utilizar el puñal en

círculos mágicos. Había un ritual que estaba obligada a hacer cada vez que la luna cambiaba de fase; iba hacia la ventana con una copa llena de agua y dejaba que la luna se reflejase en la superficie del líquido. Después hacía que su rostro se reflejase en el agua, de modo que la imagen de la luna quedase colocada en medio de su cabeza. Cuando estaba totalmente concentrada, hería el agua con el puñal, haciendo que ella y la luna se dividiesen en varios reflejos.

Esta agua debía ser bebida inmediatamente y el poder de la luna, entonces, crecía dentro de ella.

—Nada de esto tiene sentido —comentó Brida, cierta vez.

Wicca no le dio mucha importancia, también había pensado así, un día. Pero volvió a recordar las palabras de Jesús sobre las cosas que crecían dentro de cada uno sin que se supiese cómo.

—No importa si tiene sentido o no —añadió—. Acuérdate de la Noche Oscura. Cuanto más hagas esto, más se comunicarán los Antiguos. Primero, de una manera que tú no entiendes, es sólo su alma que está escuchando. Un buen día las voces serán nuevamente despertadas.

Brida no quería limitarse a despertar voces, quería conocer a su Otra Parte. Pero no comentaba tales asuntos con Wicca.

Le había prohibido volver de nuevo al pasado. Wicca decía que esto era necesario en pocas ocasiones.

—Tampoco utilices cartas para ver el futuro. Las cartas sirven sólo para el crecimiento sin palabras, aquel que está penetrando sin ser percibido.

Brida tenía que abrir el *tarot* tres veces por semana, y quedarse mirando las cartas esparcidas. No siempre las visiones aparecían, y cuando aparecían, eran generalmente escenas incomprensibles. Cuando protestaba por las visiones, Wicca decía que estas escenas tenían un significado tan profundo que ella era aún incapaz de captarlo.

—¿Por qué no debo leer la suerte?

—Sólo el presente tiene poder sobre nuestras vidas —respondió Wicca—. Cuando estás leyendo la suerte en la baraja, estás trayendo el futuro hacia el presente. Y esto puede causar serios daños: el presente puede barajar tu futuro.

Una vez por semana iban hasta el bosque, y la hechicera enseñaba a la aprendiz el secreto de las hierbas. Para Wicca, cada cosa en este mundo traía la firma de Dios, especialmente las plantas. Ciertas hojas se parecían al corazón, y eran buenas para las dolencias cardíacas, mientras que flores cuya forma recordaba a los ojos, curaban los males de la visión. Brida comenzó a percibir que muchas hierbas poseían, realmente, una gran semejanza con órganos humanos, y en un compendio sobre medicina popular que Lorens consiguió prestado en la Biblioteca de la Universidad, descubrió pesquisas indicando que la tradición de los campesinos y hechiceras podía ser correcta.

—Dios colocó en los bosques su farmacia —dijo Wicca, un día en que las dos descansaban bajo un árbol—. Para que todos los hombres pudiesen tener salud.

Brida sabía que su maestra tenía otros aprendices, pero fue difícil descubrir esto, el perro nunca dejaba de ladrar a la hora correcta. Aun así, ya se había cruzado en la escalera con una señora, una joven casi de su edad y un hombre bien trajeado. Brida escuchaba discretamente sus pasos por el edificio y las antiguas tablas del suelo denunciaban el destino: el apartamento de Wicca.

Cierto día, Brida se arriesgó a preguntar sobre los otros discípulos.

—La fuerza de la brujería es una fuerza colectiva —respondió Wicca—. Son diversos los dones que mantienen la energía del trabajo siempre en movimiento. Uno depende de otro.

Wicca explicó que existían nueve dones, y que tanto la Tradición del Sol como la Tradición de la Luna se cuidaban de que atravesaran los siglos.

—¿Qué dones son ésos?

Wicca le respondió que era perezosa, vivía preguntando todo, y que una verdadera bruja era una persona interesada en todas las búsquedas espirituales del mundo. Dijo a Brida que leyera más la Biblia («donde está toda la verdadera sabiduría oculta») y que buscase los dones en la primera Epístola de san Pablo a los Corintios. Brida buscó y descubrió los nueve dones: la palabra de la sabiduría, la palabra del conocimiento, la fe, la

a operación de milagros, la profecía, la conversación con
spíritus, las lenguas y la capacidad de interpretación.

Fue sólo ahí donde entendió el Don que estaba buscando:
la conversación con los espíritus.

Wicca enseñó a Brida a bailar. Le dijo que tenía que mover el cuerpo de acuerdo con el ruido del mundo, la tal vibración siempre presente. No había ninguna técnica especial, bastaba con realizar cualquier movimiento que le pasase por la cabeza. Incluso así, Brida tardó un tiempo en acostumbrarse a actuar y danzar sin lógica.

—El Mago de Folk te enseñó sobre la Noche Oscura. En las dos Tradiciones, que, en verdad, son una sola, la Noche Oscura es la única manera de crecer. Cuando uno se sumerge en el camino de la magia, el primer acto es entregarse a un poder mayor. Vamos a enfrentarnos con cosas que jamás podremos entender.

»Nada tendrá la lógica a la que estamos acostumbrados. Vamos a comprender cosas sólo con nuestro corazón, y esto puede asustarnos un poco. El viaje parecerá, durante mucho tiempo, una Noche Oscura. Toda búsqueda es un acto de fe.

»Pero Dios, que es más difícil de entender que una Noche Oscura, aprecia nuestro acto de fe. Y toma nuestra mano y nos guía a través del Misterio.

Wicca hablaba del Mago sin ningún rencor ni pena. Brida estaba equivocada, ella nunca había tenido una relación amorosa con él; estaba escrito en sus ojos. Tal vez la irritación de aquel día hubiese sido únicamente a causa de la diferencia de los caminos. Brujos y magos eran vanidosos, y cada uno quería probar al otro que su búsqueda era más acertada.

De repente, se dio cuenta de lo que había pensado.

Wicca no estaba enamorada del Mago, a causa de sus ojos. Ya había visto películas que hablaban de este tema. Libros. Todo el mundo sabía reconocer los ojos de una persona enamorada.

«Sólo consigo entender las cosas simples después de que me enredo con las complicadas», pensó para sí. Quizás un día pudiese seguir la Tradición del Sol.

El otoño ya estaba en su plenitud y el frío empezaba a hacerse insoportable, cuando Brida recibió una llamada telefónica de Wicca.

—Vamos a encontrarnos en el bosque. De aquí a dos días, en la noche de luna nueva, cuando falte poco para anochecer —fue todo lo que dijo.

Brida se pasó los dos días pensando en el encuentro. Hizo los rituales de siempre, danzó el ruido del mundo. «Preferiría que fuese una música», pensaba, siempre que tenía que bailar. Pero ya estaba casi acostumbrándose a mover su cuerpo según aquella extraña vibración, que conseguía percibir mejor durante la noche, o en los lugares silenciosos, como las iglesias. Wicca había dicho que, al danzar la música del mundo, el alma se amoldaba mejor al cuerpo, y las tensiones disminuían. Brida comenzó a fijarse en cómo las personas caminaban por las calles sin saber dónde colocar las manos, sin mover las caderas y los hombros. Tuvo ganas de explicar a todos que el mundo tocaba una melodía; si bailasen un poco esta música, dejando apenas al cuerpo moverse sin lógica algunos minutos al día, se sentirían mucho mejor.

Aquella danza, no obstante, era de la Tradición de la Luna y sólo las hechiceras la conocían. Debía haber algo semejante en la Tradición del Sol, aun cuando a nadie le gustase aprenderla.

—No conseguimos convivir con los secretos del mundo —decía a Lorens—. Y, sin embargo, todos ellos están frente a nosotros. Quiero ser una hechicera para conseguir verlos.

El día convenido, Brida se dirigió al bosque. Caminó entre los árboles, sintiendo la presencia mágica de los espíritus de la Naturaleza. Hace seiscientos años, aquel bosque era el lugar sagrado de los sacerdotes druidas: hasta el día en que san Patricio había expulsado a las serpientes de Irlanda, y los cultos druidas desaparecieron. Aun así, el respeto por aquel lugar pasó de generación en generación, y hasta hoy los habitantes de la aldea vecina respetaban y temían el lugar.

Encontró a Wicca en el claro, vestida con su manto. Junto a ella había cuatro personas más, todas con ropas normales, y todas mujeres. En el lugar donde antes había notado las cenizas, una hoguera estaba encendida. Brida miró al fuego con un miedo inexplicable, no sabía si era a causa de la parte de Loni que traía dentro de ella, o si la hoguera era una experiencia repetida en otras encarnaciones.

Llegaron otras mujeres. Había gente de su edad, y gente mayor que Wicca. Eran, en total, nueve personas.

—No convidé a los hombres hoy. Vamos a esperar el reino de la Luna.

El reino de la Luna era la noche.

Se quedaron alrededor de la hoguera, conversando los

asuntos más banales del mundo, y Brida tuvo la sensación de que había sido convidada para un té de comadres, diferente sólo en el escenario.

Cuando el cielo se cubrió de estrellas, no obstante, el ambiente cambió. No fue necesaria ninguna orden por parte de Wicca; poco a poco, la conversación fue languideciendo y Brida se preguntó a sí misma si sería ahora cuando estaban reparando en la presencia del fuego y del bosque.

Después de algún tiempo en silencio, Wicca habló:

—Una vez al año, en la noche de hoy, las brujas de todo el mundo se reúnen para rezar una oración y rendir homenaje a sus antepasadas. Así lo manda la Tradición; en la décima luna del año debemos reunirnos en torno a la hoguera, que fue vida y muerte de nuestras hermanas perseguidas.

Wicca sacó de su manto una cuchara de palo.

—Aquí está el símbolo —dijo, mostrando la cuchara de palo a todas.

Las mujeres permanecieron de pie y se dieron las manos. Entonces, levantándolas hacia lo alto, escucharon la oración de Wicca.

—Que la bendición de la Virgen María y de su hijo Jesús caiga sobre nuestras cabezas esta noche. En nuestro cuerpo duerme la Otra Parte de nuestros antepasados; que la Virgen María nos bendiga.

»Que nos bendiga porque somos mujeres, y hoy vivimos en un mundo donde los hombres nos aman y nos entienden cada vez más. No obstante, tenemos aún en el cuerpo la marca de las vidas pasadas, y estas marcas duelen todavía.

»Que la Virgen María nos libre de estas marcas y apague para siempre nuestro sentimiento de culpa. Nos sentimos culpables cuando salimos de casa, porque estamos dejando a nuestros hijos para ganar su sustento. Nos sentimos culpables cuando nos quedamos en casa, porque parece que no aprovechamos la libertad del mundo. Nos sentimos culpables por todo, y no podemos ser culpables porque siempre estuvimos distantes de las decisiones y del poder.

»Que la Virgen María nos recuerde siempre que fuimos nosotras las mujeres, las que permanecimos junto a Jesús en el momento en que los hombres huyeron y negaron su fe. Que fuimos nosotras quienes lloramos mientras él cargaba la cruz, que permanecimos a sus pies en la hora de la muerte, que fuimos nosotras las que visitamos el sepulcro vacío. Que no debemos tener culpa.

»Que la Virgen María nos recuerde siempre que fuimos quemadas y perseguidas porque predicábamos la Religión del Amor. Mientras las personas intentaban parar el tiempo con la fuerza del pecado, nosotras nos reuníamos en las fiestas prohibidas para celebrar lo que aún había de bello en el mundo. A causa de esto, fuimos condenadas y quemadas en las plazas.

»Que la Virgen María nos recuerde siempre que, mientras los hombres eran juzgados en plaza pública a causa de disputas de tierras, las mujeres eran juzgadas en plaza pública a causa de adulterio.

»Que la Virgen María nos recuerde siempre a nuestras antepasadas, que tenían que vestirse de hombre, como santa Juana de Arco, para cumplir la palabra del Señor. Y aun así, morimos en la hoguera.

Wicca apretó la cuchara de palo con las dos manos y extendió sus brazos hacia adelante.

—Aquí está el símbolo del martirio de nuestras antepasadas. Que la llama que devoró sus cuerpos mantenga siempre encendidas nuestras almas. Porque ellas están en nosotras. Porque nosotras somos ellas.

Y tiró la cuchara de palo a la hoguera.

Brida continuó ejecutando los rituales que Wicca le había enseñado. Mantenía la vela siempre encendida, danzaba el ruido
del mundo. Anotaba en el *Libro de las Sombras* los encuentros
con la hechicera, y frecuentaba el bosque sagrado dos veces por
semana. Advirtió, para su sorpresa, que ya estaba entendiendo
algo de hierbas y plantas.

Pero las voces que Wicca deseaba despertar no aparecían.
Tampoco conseguía ver el punto luminoso.

«Quién sabe si aún no conozco mi Otra Parte», pensó, con
cierto miedo. Éste era el destino de quien conocía la Tradición
de la Luna: jamás engañarse sobre el hombre de su vida.
Significaba decir que nunca más, a partir del momento en que
se transformase en una hechicera de verdad, iba a tener las ilu-
siones que todas las otras personas tenían en el amor.
Significaba sufrir menos, es verdad —tal vez significase incluso
no sufrir nada—, porque podía amar todo más intensamente; la
Otra Parte era una misión divina en la vida de cada persona.
Aun cuando ella tuviese que irse un día, el amor por la Otra
Parte —así lo enseñaban las Tradiciones— era coronado de glo-
ria, de comprensión y de una nostalgia purificadora.

Pero significaba también que, a partir del momento en que
pudiese ver el punto luminoso, no tendría los encantos de la
Otra Parte del Amor. Brida pensaba en las muchas veces en que

se atormentó de pasión, en las noches que pasó despierta, esperando a alguien que no telefoneaba, en los fines de semana románticos que no resistían a la semana siguiente, en las fiestas con miradas ansiosas en todas direcciones, en la alegría de la conquista sólo para probar que era posible, en la tristeza de la soledad, cuando estaba segura de que el novio de una amiga suya era exactamente el único hombre en el mundo capaz de hacerla feliz. Todo aquello era parte de su mundo, y del mundo de todas las personas que conocía. Esto era el amor, y de esta manera las personas buscaban a su Otra Parte desde el comienzo de los tiempos, mirando en los ojos, procurando descubrir el brillo y el deseo. Nunca había dado valor a estas cosas, al contrario, pensaba que era inútil sufrir por alguien, inútil morirse de miedo por no encontrar otra persona con quien compartir su vida. Ahora, cuando podía librarse ya de este miedo, pasó a no estar segura de lo que quería.

«¿Es que realmente quiero ver el punto luminoso?»

Se acordó del Mago, empezó a creer que él tenía razón, y la Tradición del Sol era la única manera correcta de lidiar con el Amor. Pero no podía cambiar de idea ahora; conocía un camino, y tenía que ir hasta el final. Sabía que si desistiera, iba a ser cada vez más difícil hacer cualquier elección en la vida.

Cierta tarde, después de una larga clase sobre los rituales que eran utilizados por las antiguas hechiceras para provocar la lluvia —y que Brida tenía que anotar en su *Libro de las Sombras*, aun cuando nunca fuera a utilizarlos—, Wicca le preguntó si usaba todas las ropas que poseía.

—Claro que no —fue la respuesta.

—Pues, a partir de esta semana, utiliza todo lo que esté en tu armario.

Brida creyó que no había entendido bien.

—Todo lo que contiene nuestra energía debe de estar siempre en movimiento —dijo Wicca—. Las ropas que tú compraste forman parte de ti, y representan momentos especiales. Momentos en que tú saliste de casa dispuesta a hacerte a ti misma un regalo, porque estabas contenta con el mundo. Momentos en que alguien te hizo daño, y tenías que compensar aquello. Momentos en que tú creíste que era necesario cambiar de vida.

»Las ropas siempre transforman emoción en materia. Son uno de los puentes entre lo visible y lo invisible. Existen ciertas ropas que, inclusive, son capaces de hacer daño, porque fueron hechas para otras personas, y acabaron en tus manos.

Brida entendía lo que estaba diciendo. Había cosas que no conseguía usar; siempre que se las ponía, algo malo terminaba sucediendo.

–Deshazte de las ropas que no fueron hechas para ti –insistió Wicca–. Y usa todas las otras. Es importante mantener siempre la tierra revuelta, la ola con espuma, y la emoción en movimiento. El Universo entero se mueve: no podemos quedarnos paradas.

Al llegar a su casa, Brida colocó encima de la cama todo lo que estaba dentro del armario. Se quedó mirando cada pieza de ropa; había muchas de cuya existencia ya no se acordaba; otras recordaban momentos felices del pasado, pero ya habían quedado fuera de moda. Brida las guardaba, a pesar de todo, porque aquellas ropas parecían poseer una especie de hechizo, en caso de deshacerse de ellas, podría estar deshaciéndose de las cosas buenas que había vivido cuando las vestía.

Miró a las ropas que pensaba que tenían «más vibraciones». Siempre había alimentado la esperanza de que estas vibraciones se invirtieran un día, y pudiera usarlas de nuevo, pero siempre que decidía hacer una prueba, acababa teniendo problemas.

Se dio cuenta de que su relación con las ropas era aparentemente más complicada de lo que parecía. Incluso así, era difícil aceptar que Wicca estuviera queriendo meterse con lo más íntimo y personal de su vida; su manera de vestir. Ciertas ropas tenían que ser guardadas para ocasiones especiales, y sólo era ella quien tenía que decir cuándo debía usarlas. Otras no eran adecuadas para el trabajo, o incluso para las salidas de fin de semana. ¿Por qué Wicca tenía que entrometerse en esto? Jamás cuestionó una orden de ella, vivía danzando y encendiendo velas, metiendo puñales en el agua y aprendiendo cosas que no iba a utilizar nunca. Podía aceptar todo aquello, formaba parte de una Tradición, una Tradición que no comprendía pero que tal vez estuviese incluso hablando con su lado desconocido. No obstante, en el momento en que se metía con sus ropas, ya estaba metiéndose también con su manera de estar en el mundo.

Quién sabe si Wicca habría perdido los límites de su poder. Quién sabe si no estaba intentando interferir en algo que no debía.

Lo que está fuera es más difícil de cambiar que lo que está dentro.

Alguien había dicho algo. En un movimiento instintivo, Brida miró asustada a su alrededor. Pero estaba segura de que no iba a encontrar a nadie.

Era la Voz.

La voz que Wicca quería despertar.

Dominó su excitación y su miedo. Se quedó en silencio, esperando escuchar algo más, y todo lo que pudo oír fue el ruido de la calle, el sonido de la televisión conectada a distancia y el omnipresente ruido del mundo. Procuró quedarse en la misma posición en que estaba antes, pensar en las mismas cosas que había pensado. Todo había pasado tan rápido que ni siquiera se había llevado un susto, ni quedado admirada u orgullosa de sí misma.

Pero la Voz había dicho algo. Aunque todas las personas del mundo le probasen que aquello era fruto de su imaginación, aunque la caza de brujas volviese de repente y tuviese que enfrentar tribunales y morir en la hoguera a causa de ello, tenía completa y absoluta certeza de que había escuchado una voz que no era la suya.

«Lo que está fuera es más difícil de cambiar que aquello que está dentro.» La voz podría haber dicho algo más grandioso, ya que era la primera vez que la estaba escuchando en esta encarnación. Pero, de repente, Brida se sintió invadida por una inmensa alegría. Tuvo ganas de telefonear a Lorens, de visitar al Mago, de contar a Wicca que su Don había surgido, y que ella podía ahora formar parte de la Tradición de la Luna. Anduvo de un lado para otro, fumó algunos cigarrillos, y sólo media hora después consiguió calmarse lo suficiente como para sentarse otra vez en la cama, donde estaban todas las ropas esparcidas.

La Voz tenía razón. Brida había entregado su alma a una mujer extraña y —por más absurdo que pudiese parecer— era mucho más fácil entregar su alma que su manera de vestir.

Sólo ahora estaba entendiendo hasta qué punto aquellos ejercicios, aparentemente sin sentido, estaban revolviendo su vida. Sólo ahora, cambiando por fuera, podía percibir cuánto estaba cambiando por dentro.

Wicca, cuando volvió a encontrarse con Brida, quiso saber todo sobre la Voz —cada detalle estaba anotado en el *Libro de las Sombras*—, y Wicca se puso contenta.

—¿De quién es la Voz? —preguntó Brida.

Wicca, no obstante, tenía cosas más importantes que decir que estar respondiendo a las eternas preguntas de la joven.

—Hasta ahora te mostré cómo volver al camino que tu alma recorre desde hace varias encarnaciones. Desperté este conocimiento hablando directamente con ella (con el alma) a través de los símbolos y de los rituales de nuestros antepasados. Tú protestabas, pero tu alma estaba contenta porque estaba reencontrando su misión. Mientras te irritabas con los ejercicios, te aburrías con la danza, morías de sueño con los rituales, tu lado oculto bebía de nuevo la sabiduría del Tiempo, recordaba lo que ya había aprendido y la semilla crecía sin que tú supieses cómo. Llegó, sin embargo, el momento de empezar a aprender cosas nuevas. A esto se le llama Iniciación, porque ahí es donde está tu verdadero comienzo en las cosas que precisas aprender en esta vida. La Voz indica que ya estás preparada.

»En la Tradición de las hechiceras, la Iniciación se hace siempre en los Equinoccios, en aquellas fechas del año en que los días y las noches son absolutamente iguales. El próximo es el Equinoccio de Primavera, el día 21 de marzo. Me gustaría que ésta fuera la fecha de tu Iniciación, porque yo también me inicié en un Equinoccio de Primavera. Ya sabes manejar los instrumentos, y conoces los rituales necesarios para mantener siempre abierto el puente entre lo visible y lo invisible. Tu alma continúa recordando las lecciones de las vidas pasadas, siempre que realizas cualquier ritual que ya sabes.

»Al oír la Voz, trajiste para el mundo visible lo que ya estaba sucediendo en el mundo invisible. O sea, comprendiste que tu alma está lista para el próximo paso. El primer gran objetivo ha sido alcanzado.

Brida recordó que antes también quería ver el punto luminoso. Pero desde que comenzara a reflexionar sobre la búsqueda del amor, esto iba perdiendo importancia cada semana.

—Falta sólo una prueba para que seas aceptada en la Iniciación de la Primavera. En el caso de que no lo consigas ahora, no te preocupes, muchos Equinoccios están en tu futuro, y algún día serás iniciada. Hasta ahora has tratado con tu lado masculino: el conocimiento. Tú sabes, eres capaz de entender lo que sabes, pero aún no has llegado a la gran fuerza femenina, una de las fuerzas maestras de la transformación. Y conocimiento sin transformación no es sabiduría.

»Esta fuerza siempre fue Poder en Maldición de las hechiceras, en general, y de las mujeres, en particular. Todas las personas que caminan por el planeta conocen esta fuerza. Todas saben que somos nosotras, las mujeres, las grandes guardianas de sus secretos. A causa de esta fuerza fuimos condenadas a vagar en un mundo peligroso y hostil, porque ella era despertada por nosotras, y existían lugares donde era abominada. Quien toca esta fuerza, aunque sea sin saberlo, está unido a ella por el resto de su vida. Puede ser su señor o su esclavo, puede transformarla en una fuerza mágica, o utilizarla el resto de la vida sin darse cuenta nunca de su inmenso poder. Esta fuerza está en todo lo que nos rodea, está en el mundo visible de los hombres y en el mundo invisible de los místicos. Puede ser masacrada, humillada, escondida o hasta incluso negada. Puede pasar años durmiendo, olvidada en un rincón cualquiera, puede ser tratada por la raza humana de casi todas las maneras, menos una: en el momento en que alguien conoce esta fuerza, nunca más, en toda su vida, podrá olvidarla.

—¿Y qué fuerza es ésta?

—No sigas haciéndome preguntas tontas —respondió Wicca—. Porque sé que tú sabes cuál es.

Brida lo sabía.

El sexo.

Wicca corrió una de las cortinas inmaculadamente blancas y mostró el paisaje. La ventana daba hacia el río, los edificios antiguos y las montañas en el horizonte. En una de aquellas montañas vivía el Mago.

—¿Qué es aquello? —preguntó Wicca, señalando a lo alto de una iglesia.

—Una cruz. El símbolo del cristianismo.

—Un romano jamás entraría en un edificio con aquella cruz. Pensaría que se trataba de una casa de suplicios, ya que el símbolo en su fachada es uno de los más horrendos instrumentos de tortura que el hombre inventó.

»La cruz es la misma, pero su significado cambió. De la misma manera, cuando los hombres estaban próximos a Dios, el sexo era la comunión simbólica con la unidad divina. El sexo era el reencuentro con el sentido de la vida.

—¿Por qué las personas que buscan a Dios normalmente se apartan del sexo?

Wicca se irritó con la interrupción. Pero decidió responder.

—Cuando hablo de la fuerza, no hablo sólo del acto sexual.

Ciertas personas utilizan esta fuerza sin usarla. Todo depende del camino escogido.

—Conozco esta fuerza —dijo Brida—. Sé cómo utilizarla.

Era el momento de volver otra vez al asunto.

—Quizá sepas tratar el sexo en la cama. Esto no es conocer la fuerza. Tanto el hombre como la mujer son absolutamente vulnerables a la fuerza del sexo, porque allí el placer y el miedo tienen la misma importancia.

—¿Y por qué el placer y el miedo caminan juntos?

Por fin la chica había preguntado algo que valía la pena responder.

—Porque quien se enfrenta con el sexo sabe que está ante algo que sólo sucede con toda su intensidad cuando se pierde el control. Cuando estamos en la cama con alguien, estamos dando permiso para que esta persona comulgue no solamente con nuestro cuerpo sino con toda nuestra personalidad. Son las fuerzas puras de la vida que se comunican, independientemente de nosotros y, entonces, no podemos esconder quién somos.

»No importa la imagen que tengamos de nosotros mismos. No importan los disfraces, las respuestas preparadas, las salidas honrosas. En el sexo, se hace difícil engañar al otro, porque allí cada uno se muestra como realmente es.

Wicca hablaba como alguien que conociera bien aquella fuerza. Sus ojos tenían brillo, y había orgullo en su voz. Tal vez fuese esa fuerza lo que la mantenía tan atrayente. Era bueno aprender con ella: un día terminaría descubriendo el secreto de todo aquel encanto.

—Para realizar la Iniciación, tienes que encontrarte con esta fuerza. El resto, el sexo de las hechiceras, pertenece a los Grandes Misterios, y lo sabrás después de la ceremonia.

—¿Cómo me encontraré con ella, entonces?

—Es una fórmula simple, y como todas las cosas simples, sus

resultados son mucho más difíciles que todos los complicados rituales que te he enseñado hasta ahora.

Wicca se aproximó a Brida, la tomó por los hombros y miró el fondo de sus ojos.

—La fórmula es ésta: utiliza, durante todo el tiempo, tus cinco sentidos. Si ellos llegan juntos en el momento del orgasmo, serás aceptada para la Iniciación.

—Vine a pedir disculpas —dijo la joven.

Estaban en el mismo lugar donde se habían encontrado la otra vez; las piedras que daban al lado derecho de la montaña, desde donde se veía el inmenso valle.

—A veces pienso una cosa y hago otra —continuó—. Pero si algún día ya sentiste el amor, sabes cuánto cuesta sufrir por él.

—Sí, lo sé —respondió el Mago. Era la primera vez que él hablaba de su vida particular.

—Tenías razón respecto al punto luminoso. La vida pierde un poco su gracia. Descubrí que la búsqueda puede ser tan interesante como el encuentro.

—Siempre que se venza al miedo.

—Es verdad.

Y Brida se alegró al saber que también él, con todo lo que conocía, continuaba sintiendo miedo.

Pasearon durante toda la tarde por el bosque cubierto de nieve. Conversaron sobre plantas, sobre el paisaje y sobre las formas en que las arañas acostumbraban a extender las telas en aquella región. A cierta altura encontraron a un pastor que iba a guardar su rebaño de ovejas.

—¡Hola, Santiago! —El Mago saludó al pastor. Después se

giró hacia ella–. Dios tiene una predilección especial por los pastores. Son personas acostumbradas a la Naturaleza, al silencio, a la paciencia. Poseen todas las virtudes necesarias para comulgar con el Universo.

Hasta aquel instante no habían tocado estos temas, y Brida no quería anticipar el momento adecuado. Volvió a conversar sobre su vida y sobre lo que acontecía en el mundo. Su sexto sentido la alertó para evitar el nombre de Lorens, no sabía lo que estaba sucediendo, no sabía por qué el Mago le dedicaba tanta atención, pero necesitaba mantener encendida esta llama. Poder en Maldición, había dicho Wicca. Tenía un objetivo y él era el único que podía ayudarla a conseguirlo.

Pasaron entre algunos corderos, que dejaban, con sus pies, un gracioso camino en la nieve. Esta vez no había pastor, pero los corderos parecían saber a dónde ir, y lo que deseaban encontrar. El Mago permaneció largo tiempo contemplando a los animales como si estuviera delante de algún gran secreto de la Tradición del Sol, que Brida no conseguía entender.

A medida que la luz del día se iba apagando, se iba apagando también el sentimiento de terror y respeto que se apoderaba de ella siempre que encontraba a aquel hombre; por primera vez estaba tranquila y confiada a su lado. Tal vez porque no precisase ya demostrar sus dones, ya había escuchado la Voz, y su ingreso en el mundo de aquellos hombres y mujeres era apenas una cuestión de tiempo. También ella pertenecía al camino de los misterios y, a partir del momento en que escuchó la Voz, el hombre que estaba a su lado formaba parte de su Universo.

Tuvo ganas de cogerle las manos y pedirle que le explicase algo de la Tradición del Sol, de la misma manera que acostumbraba a pedir a Lorens que le hablara de las estrellas antiguas. Era una manera de decir que estaban viendo la misma cosa, desde ángulos diferentes.

Algo le decía que él necesitaba esto, y no era la Voz misteriosa de la Tradición de la Luna, sino la voz inquieta, a veces tonta, de su corazón. Una voz que no acostumbraba a escuchar mucho, ya que siempre la conducía por caminos que no conseguía entender.

Aun así, las emociones eran caballos salvajes, y pedían ser oídas. Brida dejó que corriesen libres por algún tiempo hasta que se cansaran. Las emociones contaban lo bonita que sería aquella tarde si ella estuviera enamorada de él. Porque cuando se enamoraba, era capaz de aprenderlo todo, y conocer cosas que ni osaba pensar, porque el amor era la llave para la comprensión de todos los misterios.

Imaginó muchas escenas de amor hasta que asumió de nuevo el control de sus emociones. Entonces se dijo a sí misma que jamás podría amar a un hombre como aquél. Porque él entendía el Universo, y todos los sentimientos humanos quedaban pequeños cuando se veían a distancia.

Llegaron a las ruinas de una vieja iglesia. El Mago se sentó en uno de los varios montículos de piedra labrada que se esparcían por el suelo; Brida limpió la nieve en la barandilla de una ventana.

—Debe ser bonito vivir aquí, pasar los días en un bosque y por la noche dormir en una casa templada —dijo ella.

—Sí, es bonito. Conozco el canto de los pájaros, sé leer las señales de Dios, aprendí la Tradición del Sol y la Tradición de la Luna.

«Pero estoy solo —tuvo ganas de decir—. Y de nada sirve comprender el Universo entero cuando se está solo.»

Allí, frente a él, recostada en la barandilla de una ventana, estaba su Otra Parte. Podía ver el punto de luz encima de su hombro izquierdo, y lamentó haber aprendido las Tradiciones. Porque quizás hubiese sido aquel punto el que había hecho que se enamorase de aquella mujer.

«Ella es inteligente. Presintió el peligro antes y ahora no quiere saber nada de los puntos luminosos.»

—Oí a mi Don. Wicca es una excelente Maestra.

Era la primera vez que tocaba el asunto de la magia aquella tarde.

—Esta vez te enseñará los misterios del mundo, los misterios que están presos en el tiempo, y que son llevados de generación en generación por las hechiceras.

Habló sin prestar atención a sus propias palabras. Estaba intentando recordar cuándo encontró su Otra Parte por primera vez. Las personas solitarias pierden el sentido del tiempo, las horas son largas y los días interminables. Aun así, sabía que habían estado juntos tan sólo dos veces. Brida estaba aprendiendo todo muy rápido.

—Conozco los rituales, y me iniciaré en los Grandes Misterios cuando llegue el Equinoccio.

Volvía a ponerse en tensión.

—Existe, no obstante, una cosa que aún no sé. La Fuerza que todos conocen, que reverencian como un misterio.

—El Mago entendió por qué ella había venido aquella tarde. No fue sólo para pasear entre los árboles y dejar dos senderos de pies en la nieve, senderos que se aproximaban a cada minuto.

Brida se ajustó el cuello del abrigo en torno al rostro. No sabía si estaba haciendo aquello porque el frío es más fuerte cuando se deja de caminar, o porque quería esconder su nerviosismo.

—Quiero aprender a despertar la fuerza del sexo. Los cinco sentidos —dijo, finalmente—. Wicca no toca este tema. Dice que, así como yo descubrí la Voz, descubriré también esto.

Se quedaron unos minutos en silencio. Ella pensaba si debía estar hablando de esto justamente en las ruinas de una iglesia. Pero recordó que existían muchas maneras de trabajar la fuerza. Los monjes que vivieron allí trabajaron por la abstinencia, y entenderían lo que ella estaba intentando decir.

—He buscado todas las maneras. Presiento que existe un truco, como aquel truco del teléfono que ella usó con el *tarot*. Algo que Wicca no quiso mostrarme. Me parece que ella aprendió de la manera más difícil, y quiere que yo pase por las mismas dificultades.

—¿Fue por esto por lo que me buscaste? —interrumpió él.

Brida miró el fondo de sus ojos.

—Sí.

Esperó que la respuesta lo convenciese. Pero desde el momento en que lo había encontrado, ya no estaba tan segura. El camino por el bosque nevado, la luz del sol reflejada en la nieve, la conversación despreocupada sobre las cosas del mundo, todo aquello había hecho que sus emociones galopasen como caballos salvajes. Tenía que convencerse de nuevo que estaba allí sólo en busca de un objetivo, y que lo conseguiría de cualquier forma. Porque Dios había sido mujer, antes de ser hombre.

El Mago se levantó del montículo de piedras en que estaba sentado y caminó hasta la única pared que aún permanecía entera. En medio de esta pared había una puerta, y él se apoyó en el umbral. La luz de la tarde daba en sus espaldas. Brida no conseguía ver su rostro.

—Existe una cosa que Wicca no te enseñó —dijo el Mago—. Puede haber sido por olvido. Puede haber sido también porque quería que lo descubrieses sola.

—Pues estoy aquí. Descubriendo sola.

Y se preguntó a sí misma si, en el fondo, no era exactamente éste el plan de su Maestra: conseguir que ella encontrase a aquel hombre.

—Voy a enseñarte —dijo él, finalmente—. Ven conmigo.

Caminaron hasta un lugar donde los árboles eran más altos y más fuertes. Brida se fijó en que en algunos de ellos había escaleras rústicas atadas a los troncos. En lo alto de cada escalera había una especie de cabaña.

«Aquí deben de vivir los ermitaños de la Tradición del Sol», pensó.

El Mago examinó cuidadosamente cada cabaña, se decidió por una y pidió a Brida que subiese junto a él.

Ella comenzó a subir. En medio del camino sintió miedo, pues una caída podía ser fatal. Aun así, decidió seguir adelante; estaba en un lugar sagrado, protegido por los espíritus del bosque. El Mago no había pedido permiso, pero tal vez en la Tradición del Sol esto no fuese necesario.

Cuando llegaron a lo alto, ella dio un largo suspiro; había vencido uno más de sus miedos.

—Es un buen lugar para enseñarte el camino —dijo él—. Un lugar de emboscada.

—¿Un lugar de emboscada?

—Son cabañas de cazadores. Tienen que ser altas para que los animales no sientan el olor del hombre.

»Durante todo el año dejan comida aquí. Acostumbran a la caza a venir siempre a este lugar hasta que, un buen día, la matan.

Brida notó que había cartuchos vacíos en el suelo. Estaba intimidada.

—Mira hacia abajo —dijo él.

No había espacio suficiente para dos personas, y su cuerpo casi tocaba el de él. Se levantó y miró hacia abajo; el árbol debía de ser el más alto de todos, y ella podía ver las copas de otros árboles, el valle, las montañas cubiertas de nieve en el horizonte. Era un lugar lindo. Él no tenía por qué decir que era un lugar de emboscada.

El Mago removió el techo de lona de la cabaña, y de repente el lugar fue inundado por los rayos del sol. Hacía frío, y le pareció a Brida que estaban en un lugar mágico, en el fin del mundo. Sus emociones querían cabalgar de nuevo, pero ella tenía que mantener el control.

—No era necesario traerte aquí para explicarte lo que quieres saber —dijo el Mago—. Pero quise que conocieras un poco más este bosque. En el invierno, cuando caza y cazador están lejos, acostumbro a subirme a estos árboles y a contemplar la Tierra.

Realmente estaba queriendo compartir su mundo con ella. La sangre de Brida comenzó a correr más rápida. Se sentía en paz, entregada a uno de aquellos momentos de la vida en que la única alternativa posible es perder el control.

—Toda la relación del hombre con el mundo se hace a través de los cinco sentidos. Sumergirse en el mundo de la magia es descubrir sentidos desconocidos, y el sexo nos empuja hacia algunas de estas puertas.

Había cambiado súbitamente de tono. Parecía un profesor dando clase de Biología a un alumno. «Tal vez sea mejor así», pensó ella, sin estar muy convencida.

—No importa si estás buscando la sabiduría o el placer en la fuerza del sexo; siempre será una experiencia total. Porque es la única actividad del hombre que afecta, o debería afectar, a los cinco sentidos de forma simultánea. Todos los canales con el prójimo quedan conectados.

»En el momento del orgasmo, los cinco sentidos desaparecen, y penetramos en el mundo de la magia; ya no somos capaces de ver, de escuchar, de sentir el sabor, el tacto, el olor. Durante aquellos largos segundos todo desaparece, un éxtasis ocupa su lugar. Un éxtasis absolutamente igual al que los místicos alcanzan tras años de renuncia y disciplina.

Brida tuvo ganas de preguntar por qué los místicos no lo buscaban a través del orgasmo. Pero se acordó de los descendientes de los ángeles.

—Lo que empuja a la persona hacia este éxtasis son los cinco sentidos. Cuanto más fuertemente sean estimulados, más fuerte será el empujón. Y tu éxtasis será más profundo. ¿Entiendes?

Claro. Ella estaba entendiendo todo, y afirmó con la cabeza. Pero esta pregunta la dejó más distante. Le hubiera gustado que él estuviese a su lado, como cuando caminaban por el bosque.

—Es tan sólo eso —dijo él.

—¡Pero esto lo sé, e incluso así no lo consigo! —Brida no podía hablar de Lorens. Presentía que era peligroso—. ¡Me dijiste que existía un modo de alcanzarlo!

Estaba nerviosa. Las emociones comenzaban a cabalgar, y ella estaba perdiendo el control.

El Mago miró nuevamente el bosque allá abajo. Brida se preguntó a sí misma si también él estaba luchando contra las emociones. Pero no quería y no debía creer en lo que estaba pensando.

Ella sabía lo que era la Tradición del Sol. Ella sabía que sus Maestros enseñaban a través del espacio, del momento. Pensó en esto antes de buscarlo. Imaginó que podían estar juntos, como estaban ahora, sin nadie cerca. Así eran los Maestros de la Tradición del Sol, siempre enseñando a través de la acción, y nunca dejando que la teoría fuera más importante. Había pensado todo esto antes de venir al bosque. Y vino, incluso así, porque ahora su camino era más importante que cualquier cosa. Tenía que continuar la tradición de sus muchas vidas.

Pero él se estaba comportando como Wicca, que apenas hablaba de las cosas.

—Enséñame —dijo ella, otra vez.

El Mago tenía los ojos fijos en las copas deshojadas y cubiertas de nieve. Podía, en aquel momento, olvidar que era un Maestro. Sabía que la Otra Parte estaba frente a él. Podía hablar de la luz que estaba viendo, ella lo creería, y el reencuentro estaba consumado. Aunque saliera llorando e indignada, acabaría volviendo, porque él estaba diciendo la verdad, y así como él necesitaba de ella, ella también necesitaba de él. Era ésta la sabiduría de las Otras Partes, una nunca dejaba de reconocer a la otra.

Pero él era un Maestro. Y un día, en una aldea de España, había hecho un juramento sagrado. Entre otras cosas, este juramento decía que ningún Maestro podía inducir a nadie a hacer una elección. Cometió este error una vez y por este motivo estuvo tantos años exiliado del mundo. Ahora era diferente pero, incluso así, no quería arriesgarse. «Puedo renunciar a la Magia por ella», pensó, durante unos instantes, y luego se dio cuenta de lo absurdo de su pensamiento. No era este tipo de renuncia lo que el Amor necesitaba. El verdadero Amor permitía que cada uno siguiese su propio camino, sabiendo que esto jamás alejaba a las Partes.

Tenía que tener paciencia. Tenía que continuar mirando a

los pastores y sabiendo que, más pronto o más tarde, los dos estarían juntos. Ésta era la Ley. Creería en ello toda su vida.

—Lo que pides es sencillo —dijo él, finalmente. Continuaba dominándose; la disciplina había vencido.

»Haz que, cuando tocas al otro, los cinco sentidos ya estén funcionando. Porque el sexo tiene vida propia. A partir del momento en que comienza, ya no lo puedes controlar, es él el que pasa a controlarte. Y lo que tú cargaste sobre él, tus miedos, tus deseos, tu sensibilidad, permanecerá todo el tiempo. Por eso las personas se vuelven impotentes. En el sexo, lleva a la cama sólo el amor y los cinco sentidos ya funcionando. Sólo así experimentarás la comunión con Dios.

Brida contempló los cartuchos diseminados por el suelo. No demostró nada de lo que estaba sintiendo. Finalmente, ya sabía el truco. Y —se dijo a sí misma— era lo único que le interesaba.

—Esto es todo lo que puedo enseñarte.

Ella continuaba inmóvil. Los caballos salvajes estaban siendo domados por el silencio.

—Respira siete veces tranquilamente, haz que tus cinco sentidos estén funcionando antes del contacto físico. Da tiempo al tiempo.

Era un Maestro de la Tradición del Sol. Había superado una nueva prueba. Su Otra Parte estaba también haciendo que él aprendiese muchas cosas.

—Ya te he mostrado la vista desde aquí arriba. Podemos bajar.

Se quedó mirando distraída a los niños que jugaban en la plaza. Alguien le había dicho una vez que toda ciudad tiene siempre un «lugar mágico», un lugar adonde acostumbramos a ir cuando necesitamos pensar seriamente sobre la vida. Aquella plaza era su «lugar mágico» en Dublín. Cerca de allí, había alquilado su primer piso cuando llegó a la ciudad grande, llena de sueños y expectativas. En aquella época, su proyecto de vida era matricularse en el Trinity College y llegar a ser catedrática en Literatura. Permanecía mucho tiempo sentada en aquel banco, donde estaba ahora, escribiendo poesías e intentando comportarse como sus ídolos literarios se comportaban.

Pero el dinero que su padre remitía era escaso, y tuvo que trabajar en la firma de exportaciones. No lo lamentaba; estaba contenta con lo que hacía y, en este momento, el empleo era una de las cosas más importantes de su vida, porque era lo que daba sentido de realidad a todo, y hacía que no enloqueciese. Le permitía un equilibrio precario entre el mundo visible y lo invisible.

Los niños jugaban. Todas aquellas criaturas —como también ella hiciera un día—, escucharon historias de hadas y brujas, donde las hechiceras se visten de negro y ofrecen manzanas envenenadas a pobres niñas perdidas en el bosque. Ninguno de aquellos niños podía imaginar que allí, observando sus juegos, estaba una hechicera de verdad.

Aquella tarde, Wicca le había pedido que hiciese un ejercicio que nada tenía que ver con la Tradición de la Luna; cualquier persona podía obtener resultados. No obstante, tenía que ejecutarlo para mantener siempre en movimiento el puente entre lo visible y lo invisible.

La práctica era sencilla: debía acostarse, relajarse, e imaginar una calle comercial de la ciudad. Una vez concentrada, tenía que mirar a una vitrina de la calle que estaba imaginando, recordando todos los detalles, mercaderías, precios, decoración. Cuando acabase el ejercicio, tenía que ir hasta la calle y verificarlo todo.

Ahora estaba allí mirando a los niños. Acababa de volver de la tienda, y las mercaderías que imaginó en su concentración eran exactamente las mismas. Se preguntó si aquello era realmente un ejercicio para personas comunes o si sus meses de entrenamiento como hechicera habrían ayudado en el resultado. Jamás sabría la respuesta.

Pero la calle del ejercicio quedaba cerca de su «lugar mágico». «Nada es por casualidad», pensó. Su corazón estaba triste a causa de algo que no conseguía solucionar: el Amor. Amaba a Lorens, estaba segura de ello. Sabía que cuando manejase bien la Tradición de la Luna, vería el punto luminoso en el hombro izquierdo de él. Una de las tardes que salieron juntos para tomar chocolate caliente, cerca de la torre que sirvió de inspiración a James Joyce en *Ulises*, ella pudo ver el brillo en sus ojos.

El Mago tenía razón. La Tradición del Sol era el camino de todos los hombres, y estaba allí para ser descifrada por cualquier persona que supiese rezar, tener paciencia y desear sus enseñanzas. Cuanto más se sumergía en la Tradición de la Luna, más entendía y admiraba la Tradición del Sol.

El Mago. Estaba otra vez pensando en él. Era éste el problema que la había conducido hasta su «lugar mágico». Desde el encuentro en la cabaña de los cazadores, pensaba con frecuencia en él. Ahora mismo estaba deseando ir hasta allí, contarle el ejercicio que acababa de hacer; pero sabía que esto era apenas un pretexto, esperanza de que la invitara de nuevo a pasear por el bosque. Tenía la seguridad de que sería bien recibida, y empezaba a creer que él, por alguna misteriosa razón —que ella ni osaba pensar cuál era—, también gustaba de su compañía.

«Siempre tuve esta tendencia al delirio total», pensó, procurando alejar al Mago de su mente. Pero sabía que dentro de poco él volvería.

No quería continuar. Era una mujer, y conocía bien los síntomas de una nueva pasión; necesitaba evitarlo a cualquier coste. Amaba a Lorens, deseaba que las cosas continuasen así. Su mundo ya había cambiado lo suficiente.

El sábado por la mañana, Lorens telefoneó.

—Vamos a dar un paseo —dijo—. Vamos a las rocas.

Brida preparó algo para comer y soportaron juntos casi una hora en un autobús con la calefacción defectuosa. Alrededor del mediodía llegaron al pueblo.

Brida estaba emocionada. Durante su primer año de Literatura en la facultad, había leído mucho sobre el poeta que vivió allí el siglo pasado. Era un hombre misterioso, gran conocedor de la Tradición de la Luna, que participó en sociedades secretas y había dejado en sus libros el mensaje oculto de aquellos que buscan el camino espiritual. Se llamaba W. B. Yeats. Se acordó de algunos de sus versos, versos que parecían hechos para aquella mañana fría, con las gaviotas sobrevolando los barcos anclados en el pequeño puerto:

yo sembré mis sueños donde tú estás
pisando ahora;
pisa suavemente, porque tú estás pisando
a mis sueños.

Entraron en el único bar del lugar, tomaron un whisky para soportar mejor el frío, y salieron en dirección a las rocas. La pequeña calle asfaltada pronto dio lugar a una subida y, media hora después, llegaron a lo que los habitantes locales llamaban «falesias». Era un promontorio compuesto de formaciones rocosas, que acababan en un abismo frente al mar. Un camino circundaba las rocas; andando sin prisa, darían la vuelta entera a las falesias en menos de cuatro horas; después, sólo tenían que tomar el autobús y volver a Dublín.

Brida estaba encantada con el programa; por más emociones que la vida le estuviese reservando aquel año, era siempre difícil aguantar el invierno. Todo lo que hacía era ir al trabajo de día, a la facultad de noche, y al cine los fines de semana. Ejecutaba los rituales siempre en las horas señaladas, y danzaba conforme Wicca le había enseñado. Pero tenía ganas de estar en el mundo, salir de casa y ver un poco de Naturaleza.

El tiempo estaba nublado, las nubes bajas, pero el ejercicio físico y la dosis de whisky conseguían disfrazar el frío. El sendero era demasiado estrecho para que los dos caminasen lado a lado; Lorens iba delante, y Brida seguía algunos metros atrás. Era difícil conversar en estas circunstancias. Aun así, de vez en cuando, conseguían intercambiar algunas palabras, lo suficiente para que uno sintiera que el otro estaba cerca, compartiendo la naturaleza que los rodeaba.

Ella miraba, con fascinación infantil, el paisaje a su alrededor. Aquel escenario debía de ser el mismo millares de años atrás en una época en que no existían ciudades, ni puertos, ni poetas, ni muchachas que buscaban la Tradición de la Luna; en aquel tiempo existían solamente las rocas, el mar estallando allí abajo, y las gaviotas paseando por las nubes bajas. De vez en cuando Brida miraba el precipicio y sentía un leve vértigo. El mar decía cosas que no comprendía, las gaviotas trazaban diseños que no lograba acompañar. Aun así, miraba a aquel mundo primitivo, como si allí estuviese guardada, más que en todos los libros que leía, o en todos los rituales que practicaba, la verdadera sabiduría del Universo. A medida que se alejaban del puerto, todo lo demás iba perdiendo importancia: sus sueños, su vida cotidiana, su búsqueda. Quedaba sólo aquello que Wicca llamó «la firma de Dios».

Quedaba apenas, en aquel momento primitivo, junto a las fuerzas puras de la Naturaleza, la sensación de estar viva, al lado de alguien que amaba.

Después de casi dos horas de camino, el sendero se ensanchó, y decidieron sentarse juntos para descansar. No podían tardar mucho; el frío, en breve, se volvería insoportable, y tendrían que moverse. Pero ella tenía ganas de quedarse por lo menos unos instantes al lado de él, mirando a las nubes y escuchando el ruido del mar.

Brida sintió el olor de la marejada en el aire, y el sabor de sal en la boca. Su rostro, pegado al abrigo de Lorens, estaba caliente. Era un momento intenso, de existencia plena. Sus cinco sentidos estaban funcionando.

En una fracción de segundo, ella pensó en el Mago y lo olvidó. Todo lo que le interesaba ahora eran los cinco sentidos. Tenían que continuar funcionando. Allí estaba el momento.

—Quiero hablar contigo, Lorens.

Lorens murmuró algo, pero su corazón tuvo miedo. Mientras miraba a las nubes y al precipicio, entendió que aquella mujer era la cosa más importante de su vida. Que ella era una explicación, el único motivo de aquellas rocas, de aquel cielo, de aquel invierno. Si ella no estuviese allí con él, no importaría que todos los ángeles del cielo descendiesen revoloteando para confortarlo, el Paraíso no tendría ningún sentido.

—Quiero decirte que te amo. —Brida habló con suavidad—. Porque tú me mostraste la alegría del amor.

Sentíase plena, total, con todo aquel paisaje penetrando en su alma. Él comenzó a acariciarle los cabellos. Y ella tuvo la certeza de que, si corriese riesgos, podría experimentar un amor como jamás había sentido.

Brida lo besó. Sintió el gusto de su boca, el toque de su lengua. Era capaz de percibir cada movimiento, y presentía que lo mismo pasaba con él, porque la Tradición del Sol se revelaba siempre a todos los que mirasen al mundo como si lo estuviesen viendo por primera vez.

—Quiero amarte aquí, Lorens.

Él, en una fracción de segundo, pensó que estaban en un camino público, que alguien podía pasar, alguien suficientemente loco para andar por allí en pleno invierno. Pero quien fuese capaz de esto, también sería capaz de entender que ciertas fuerzas, una vez puestas en marcha, ya no pueden ser interrumpidas.

Introdujo sus manos bajo el suéter de ella y sintió los senos. Brida estaba completamente entregada, todas las fuerzas del mundo penetraban por sus cinco sentidos, y se transformaban en la energía que la invadía. Se tendieron en el suelo, entre las rocas, el precipicio, el mar, entre la vida de las gaviotas allí arriba y la muerte en las piedras allá abajo. Comenzaron a amarse sin miedo, porque Dios protegía a los inocentes.

Ya no sentían frío. La sangre corría con tal velocidad, que ella se arrancó parte de las ropas, y él la imitó. No había más dolor; rodillas y espaldas se arañaban en el suelo pedregoso, pero aquello integraba y completaba el placer. Brida supo que el orgasmo se aproximaba, pero fue un sentimiento muy distante porque ella estaba completamente unida al mundo, su cuerpo y el cuerpo de Lorens se mezclaban con el mar, las piedras, la vida y la muerte. Se quedó en este estado el tiempo que fue posible, mientras otra parte suya percibía, aunque de forma muy vaga, que estaba haciendo cosas que jamás hiciera antes. Pero era el reencuentro de sí misma con el sentido de la vida, era la vuelta a los jardines del Edén, era el momento en que Eva volvía a entrar en Adán y las dos Partes se transformaban en la Creación.

De repente, ya no podía seguir controlando el mundo que la rodeaba, sus cinco sentidos parecían querer soltarse, y no le sobraban fuerzas para retenerlos. Como si un rayo sagrado la alcanzase, ella los soltó, y el mundo, las gaviotas, el sabor de la sal, la tierra áspera, el olor del mar, la visión de las nubes, todo desapareció por completo, en su lugar apareció una inmensa luz dorada, que crecía, crecía, hasta conseguir tocar la más distante estrella de la galaxia.

Fue descendiendo lentamente de aquel estado, y el mar y las nubes volvieron a aparecer. Pero todo estaba inmerso en una vibración de profunda paz, la paz de un universo que, aunque tan sólo por unos instantes, pasaba a tener una explicación, porque ella estaba comulgando con el mundo. Había descubierto otro puente que unía lo visible a lo invisible, y nunca más iba a olvidar el camino.

Al día siguiente telefoneó a Wicca. Le contó lo sucedido, y la otra permaneció algún tiempo en silencio.

—Felicitaciones —dijo, finalmente—. Lo conseguiste.

Explicó que la fuerza del sexo, a partir de aquel instante, iba a causar profundas transformaciones en su manera de ver y sentir al mundo.

—Ya estás preparada para la fiesta del Equinoccio. Sólo te falta una cosa más.

—¿Otra más? ¡Pero dijiste que era sólo esto!

—Una cosa fácil. Tienes que soñar con un vestido. El vestido que usarás ese día.

—¿Y si no lo consigo?

—Soñarás. Lo más difícil ya lo conseguiste.

Y cambió de tema de repente, como acostumbraba a hacer con frecuencia. Dijo que había comprado un coche nuevo, que le gustaría hacer algunas compras. Quería saber si Brida podía acompañarla.

Brida se sintió orgullosa por la invitación, y pidió permiso al jefe para salir más pronto del trabajo. Era la primera vez que Wicca demostraba algún tipo de afecto por ella, aunque fuese únicamente salir para ir de compras. Era consciente de que muchos otros discípulos adorarían, en aquel momento, estar en su lugar.

Quién sabe si durante aquella tarde podría demostrar lo importante que Wicca era para ella, y cómo le gustaría que fuese su amiga. Era difícil para Brida separar la amistad de la búsqueda espiritual, y se resentía porque hasta entonces la Maestra no había demostrado ningún tipo de interés por su vida. Sus conversaciones nunca iban más allá de lo estrictamente necesario para que ella pudiera realizar un buen trabajo en la Tradición de la Luna.

A la hora convenida, Wicca la estaba esperando dentro de un coche MG, descapotable, rojo, con la capota plegada. El coche, un modelo clásico de la industria automovilística británica, estaba excepcionalmente bien conservado, la carrocería brillante y el panel de madera encerado. Brida no osó calcular su precio. La idea de que una hechicera pudiese tener un automóvil tan caro como aquél la asustaba un poco. Antes de conocer la Tradición de la Luna, había escuchado durante toda su infancia que las brujas hacían terribles pactos con el demonio, a cambio de dinero y poder.

—¿No crees que hace un poco de frío para ir sin capota? —preguntó mientras entraba.

—No puedo esperar hasta el verano —respondió Wicca—. Simplemente no puedo. Me muero de ganas de conducir así.

Qué bien. Por lo menos, en esto era una persona normal.

Salieron por las calles, recibiendo miradas de admiración de las personas mayores y algunos silbidos y galanteos de los hombres.

—Estoy contenta de que te preocupe no soñar con el vestido —dijo Wicca. Brida ya se había olvidado de la conversación telefónica—. Nunca dejes de tener dudas. Cuando las dudas dejan de existir, es porque paraste en tu caminata. Entonces viene Dios y lo desmonta todo, porque es así como Él controla a sus elegidos; haciendo que recorran siempre, por entero, el camino que precisan recorrer. Él nos obliga a andar cuando paramos por cualquier razón, comodidad, pereza, o la falsa sensación de que ya sabemos lo necesario.

»Pero vigila algo: jamás dejes que las dudas paralicen tus acciones. Toma siempre todas las decisiones que necesites tomar, incluso sin tener la seguridad o certeza de que estás decidiendo correctamente. Nadie se equivoca cuando está actuando, si, al tomar sus decisiones, mantiene siempre en mente un viejo proverbio alemán, que la Tradición de la Luna trajo hasta nuestros días. Si no olvidas ese proverbio, siempre puedes transformar una decisión equivocada en una decisión acertada.

»Y el proverbio es éste: *el diablo habita en los detalles.*

Wicca paró de repente en un taller mecánico.

—Existe una superstición respecto a este proverbio —dijo—. Sólo llega a nosotros cuando lo necesitamos. Acabé de comprar el coche y el diablo está en los detalles.

Bajó del automóvil en cuanto se aproximó el mecánico.

—¿Tiene la capota rota, señora?

Wicca no se tomó el trabajo de responder. Pidió que le hiciese una revisión completa de todo.

Había una pastelería al otro lado de la calle; mientras el mecánico miraba el MG, fueron hasta allí a tomar un chocolate caliente.

—Fíjate en el mecánico —dijo Wicca, mientras las dos miraban al taller, a través de la vidriera de la pastelería. Estaba parado frente al motor abierto del coche, sin hacer ningún movimiento—. No está tocando nada. Sólo contempla. Lleva años en esta profesión, y sabe que el coche habla con él un lenguaje especial. No es su raciocinio lo que está actuando ahora, es su sensibilidad.

De repente, el mecánico fue directo hacia algún lugar del motor y comenzó a trabajar.

—Acertó el defecto —continuó Wicca—. No ha perdido nada de tiempo porque la comunicación entre él y la máquina es perfecta. Son así todos los buenos mecánicos que conozco.

«Y los que yo conozco también», pensó Brida. Pero ella siempre creía que actuaban así porque no sabían por dónde empezar. Nunca se tomó el trabajo de observar que siempre empezaban por el sitio adecuado.

—¿Por qué estas personas, que tienen la sabiduría del Sol en sus vidas, jamás intentan comprender las preguntas fundamentales del Universo? ¿Por qué prefieren quedarse arreglando motores o sirviendo café en los bares?

—¿Y qué es lo que te hace pensar que nosotros, con todo nuestro camino y nuestra dedicación, comprendemos el Universo mejor que los otros?

»Tengo muchos discípulos. Son personas absolutamente iguales a todas las otras, que lloran en el cine y se desesperan cuando los hijos se atrasan, aun sabiendo que la muerte no existe. La brujería es apenas una de las formas de estar cerca de la Sabiduría Suprema, pero cualquier cosa que el hombre haga puede llevarlo hasta allí, siempre que trabaje con amor en su corazón. Las hechiceras podemos conversar con el Alma del Mundo, ver la luz en el hombro izquierdo de nuestra Otra Parte, y contemplar el infinito a través del brillo y del silencio de una vela. Pero no entendemos sobre motores de automóviles. Así como los mecánicos nos necesitan, también nosotras los necesitamos a ellos. Ellos tienen su puente hacia lo invisible en un motor de coche; el nuestro es la Tradición de la Luna. Pero lo invisible es lo mismo.

»Haz tu parte y no te preocupes por la de los otros. Puedes estar segura de que Dios también habla con ellos, y que ellos están tan empeñados como tú en descubrir el sentido de esta vida.

—El coche está bien —dijo el mecánico, en cuanto las dos volvieron de la pastelería—. Pero ha evitado un gran problema; un conducto de refrigeración estaba a punto de reventar.

Wicca protestó un poco por el precio, pero agradeció el haberse acordado del proverbio.

Fueron de compras por una de las principales calles comerciales de Dublín, exactamente aquella que Brida había mentalizado en el ejercicio del escaparate. Siempre que la conversación se encauzaba hacia temas particulares, Wicca salía con respuestas vagas o evasivas. Pero hablaba con gran entusiasmo sobre los asuntos triviales: los precios, las ropas, el mal humor de las vendedoras. Gastó algún dinero aquella tarde, generalmente en cosas que revelaban un sofisticado buen gusto.

Brida sabía que nadie pregunta a otra persona de dónde proviene el dinero que está gastando. Su curiosidad era tanta, no obstante, que casi violó las más elementales normas de educación.

Terminaron la tarde en el restaurante japonés más tradicional de la ciudad, frente a una rodaja de sashimi.

—Que Dios bendiga nuestra comida —dijo Wicca.

«Somos navegantes en un mar que no conocemos; que Él conserve siempre nuestro valor para aceptar este misterio.»

—Pero tú eres una Maestra de la Tradición de la Luna —comentó Brida—. Tú conoces las respuestas.

Wicca permaneció un momento contemplando la comida, con mirada lejana.

—Sé viajar entre el presente y el pasado —dijo después de algún tiempo—. Conozco el mundo de los espíritus, y ya entré en comunión total con fuerzas tan deslumbrantes que las palabras de todas las lenguas son insuficientes para describirlas. Quizá pueda decir que poseo un conocimiento silencioso de la caminata que trajo a la raza humana hasta este momento.

»Y porque conozco todo esto, y soy una Maestra, sé también que nunca, pero realmente nunca, sabremos la razón final de nuestra existencia. Podremos saber cómo, dónde, cuándo y de qué manera estamos aquí. Pero la pregunta *para qué* será siempre una pregunta sin respuesta. El objetivo central del gran Arquitecto del Universo es sólo de Él y de nadie más.

Un silencio parecía haberse apoderado del ambiente.

—Ahora, mientras estamos aquí comiendo, el noventa y nueve por ciento de las personas de este planeta se enfrentan, a su manera, con esta pregunta. *¿Para qué* estamos aquí? Muchas piensan haber descubierto la respuesta en sus religiones, o en su materialismo. Otras se desesperan, y gastan su vida y su fortuna intentando entender este significado. Algunas pocas dejaron que esta pregunta pasase en blanco, y viven apenas el momento, sin preocuparse por los resultados ni las consecuencias.

»Sólo los valientes, los que conocen la Tradición del Sol y la Tradición de la Luna, conocen la única respuesta posible a esta pregunta: NO SÉ.

»Esto, en un primer momento, puede atemorizar, y dejarnos desamparados ante el mundo, las cosas del mundo, y el propio sentido de nuestra existencia. No obstante, después de haber pasado el primer susto, nos vamos gradualmente acostumbrando a la única solución posible: seguir nuestros sueños. Tener el valor de dar los pasos que siempre deseamos es la única manera de demostrar que confiamos en Dios.

»En el instante en que aceptamos esto, la vida pasa a tener para nosotros un sentido sagrado y experimentamos la misma emoción que la Virgen experimentó cuando una tarde cualquiera de su existencia común, apareció un extraño y le hizo una oferta. «Hágase vuestra voluntad», dijo la Virgen. Porque había comprendido que la mayor grandeza que un ser humano puede experimentar es la aceptación del misterio.

Después de un largo silencio, Wicca volvió a coger los cubiertos y a comer. Brida la miraba, orgullosa de estar a su lado. Ya no pensaba más en las preguntas que jamás haría, si ganaba dinero, o si estaba enamorada de alguien, o sentía celos de un hombre. Pensaba en la grandeza de alma de los verdaderos sabios. Sabios que pasaron la vida entera buscando una respuesta que no existía y, al percibirlo, no falsificaron explicaciones. Pasaron a vivir, con humildad, en un Universo que nunca podrían entender. Pero podían participar, y la única manera posible era siguiendo los propios deseos, los propios sueños, porque era a través de esto como el hombre se transformaba en un instrumento de Dios.

—Entonces, ¿de qué vale buscar? —preguntó ella.

—No buscamos. Aceptamos, y entonces la vida pasa a ser mucho más intensa y más brillante, porque entendemos que cada paso nuestro, en todos los minutos de la vida, tiene un significado mayor que nosotros mismos. Entendemos que, en algún lugar del tiempo y del espacio, esta pregunta está respondida. Entendemos que existe un motivo para que estemos aquí, y eso basta.

»Buceamos en la Noche Oscura con fe, cumplimos lo que los antiguos alquimistas llamaban «Leyenda Personal» y nos entregamos por entero a cada instante, sabiendo que siempre existe una mano que nos guía: a nosotros cabe aceptarla o no.

Aquella noche, Brida pasó horas escuchando música, entregada por completo al milagro de estar viva. Se acordó de sus autores favoritos. Uno de ellos, con una simple frase, le aportó toda la fe necesaria para que saliese en busca de la sabiduría. Era un poeta inglés, de muchos siglos atrás, que se llamaba William Blake. Él escribió:

Toda pregunta que puede ser concebida, tiene una respuesta.

Era hora de hacer un ritual. Debía quedarse los próximos minutos contemplando la llama de la vela, y se sentó delante de un pequeño altar que había en su casa. La vela la transportó hacia la tarde en que ella y Lorens habían hecho el amor entre las rocas. Había gaviotas volando tan alto como las nubes, y tan bajo como las olas.

Los peces debían preguntarse cómo era posible volar, porque de vez en cuando algunas criaturas misteriosas buceaban en su mundo y desaparecían de la misma manera en que habían entrado.

Los pájaros debían preguntarse cómo era posible respirar dentro del agua, porque se alimentaban de animales que vivían debajo de las olas.

Existían pájaros y existían peces. Eran universos que de vez en cuando se comunicaban, sin que uno pudiese responder a las preguntas del otro. Sin embargo, ambos tenían preguntas. Y las preguntas tenían respuestas.

Brida miró a la vela frente a ella, y una atmósfera mágica comenzó a crearse a su alrededor. Esto normalmente sucedía, pero aquella noche había una intensidad diferente.

Si ella era capaz de hacer una pregunta, es porque, en otro Universo, había una respuesta. Alguien sabía, aun cuando ella jamás lo supiese. No necesitaba ya entender el significado de la vida; bastaba encontrarse con el Alguien que sabía. Y, entonces, dormir en sus brazos el mismo sueño que duerme un niño, porque sabe que alguien más fuerte que él lo está protegiendo de todo mal y de todo peligro.

Cuando acabó el ritual, hizo una pequeña plegaria agradeciendo los pasos que diera hasta entonces. Agradeció porque la primera persona a quien había preguntado sobre la magia, no había intentado explicarle el Universo, por el contrario, hizo que pasara la noche entera en la oscuridad del bosque.

Tenía que ir allí y agradecerle todo lo que le había enseñado.

Siempre que iba a ver a este hombre, estaba buscando algo; cuando lo conseguía, todo lo que hacía era irse, muchas veces sin decir adiós. Pero fue aquel hombre quien la colocó frente a la puerta que pretendía cruzar en el próximo Equinoccio. Tenía por lo menos que decir «gracias».

No, no tenía miedo de enamorarse de él. Ya había leído en los ojos de Lorens cosas sobre el lado oculto de su propia alma.

Podía tener dudas sobre el sueño del vestido, pero, en cuanto a su amor, esto estaba bien claro para ella.

—Gracias por aceptar mi invitación —le dijo al Mago, en cuanto se sentaron. Estaban en el único bar de la aldea, en el mismo lugar donde ella percibió el extraño brillo en los ojos de él.

El Mago no dijo nada. Notó que la energía de ella estaba completamente cambiada; había conseguido despertar la Fuerza.

—El día en que me quedé sola en el bosque, prometí que volvería para agradecerte o maldecirte. Prometí que volvería cuando supiese mi camino. No obstante, no cumplí ninguna de mis promesas; vine siempre en busca de ayuda, y tú nunca me dejaste sola cuando te necesité.

»Tal vez sea pretensión mía pero quiero que sepas que fuiste un instrumento de la mano de Dios. Y me gustaría que fueras mi invitado esta noche.

Ella iba a pedir los dos whiskies de siempre, pero él se levantó, fue hasta el bar y volvió trayendo una botella de vino, otra de agua mineral y dos vasos.

—En la Antigua Persia —dijo—, cuando dos personas se encontraban para beber juntas, una de ellas era elegida Rey de la Noche. Generalmente era la persona que invitaba.

No sabía si su voz estaba sonando firme. Era un hombre enamorado, y la energía de Brida había cambiado.

Le acercó el vino y el agua mineral.

–Cabía al Rey de la Noche decidir el tono de la conversación. Si él colocaba en el primer vaso a ser bebido más agua que vino, es porque iban a hablar de cosas serias. Si colocaba cantidades iguales, es que hablarían de cosas serias y de cosas agradables. Finalmente, si él llenaba el vaso de vino y dejaba caer apenas algunas gotas de agua, es que la noche debería ser relajante, agradable.

Brida llenó las copas hasta el borde y dejó caer apenas una gota de agua en cada una.

–Vine sólo para agradecer –repitió–. Por enseñarme que la vida es un acto de fe. Y que yo soy digna de esta búsqueda. Esto me ha ayudado mucho en el camino que elegí.

Bebieron juntos, de un solo trago, la primera copa. Él, porque estaba tenso. Ella, porque estaba relajada.

–Asuntos ligeros, ¿verdad? –repitió Brida.

El Mago dijo que ella era el Rey de la Noche, y decidiría sobre qué hablar.

–Quiero saber un poco de tu vida personal. Quiero saber si tú, algún día, tuviste algún asunto amoroso con Wicca.

Él asintió con la cabeza. Brida sintió unos inexplicables celos, pero no sabía si eran celos de él o celos de ella.

–Sin embargo, nunca pensamos en permanecer juntos –continuó él. Los dos conocían las Tradiciones. Ambos sabían que no estaban tratando con su Otra Parte.

«No quería aprender nunca la visión del punto luminoso», pensó Brida, aun sabiendo que esto era inevitable. El amor entre los brujos tenía estas cosas.

Bebió un poco más. Estaba llegando a su objetivo, faltaba poco para el Equinoccio de Primavera y podía relajarse. Hacía mucho tiempo que no se concedía a sí misma permiso para beber más de la cuenta. Pero ahora, todo lo que le faltaba era soñar con un vestido.

Continuaron conversando y bebiendo. Brida quería volver otra vez al mismo tema, pero necesitaba que él también estuviese más relajado. Mantenía siempre los dos vasos llenos, y la primera botella terminó en medio de una conversación sobre las dificultades de vivir en una aldea pequeña como aquélla. Para las personas de allí, el Mago estaba relacionado con el demonio.

Brida se alegró de estar siendo importante: él debía de ser muy solitario. Quizás en aquella ciudad nadie le dirigiese más que palabras de cortesía. Abrieron otra botella, y ella se sorprendió al ver que también un Mago, un hombre que pasaba el día entero en los bosques procurando su comunión con Dios, era capaz de beber y de embriagarse.

Cuando acabaron la segunda botella, ya se había olvidado de que estaba allí tan sólo para agradecer al hombre que estaba frente a ella. Su relación con él, ahora se daba cuenta, era siempre un desafío velado. No le gustaría verlo como una persona común, y estaba caminando peligrosamente hacia eso. Prefería la imagen del sabio que la condujo hasta una cabaña en lo alto de los árboles y que se quedaba horas contemplando la puesta de sol.

Comenzó a hablar de Wicca, para ver si él reaccionaba de alguna manera. Contó que ella era una excelente Maestra, que le enseñó todo lo que necesitaba saber hasta aquel momento, pero de una manera tan sutil que ella sentía que siempre supo todo lo que estaba aprendiendo.

—Pero es que siempre lo supiste —dijo el Mago—. Esto es la Tradición del Sol.

«Sé que él no admite que Wicca sea una buena Maestra», pensó Brida. Bebió otra copa de vino y continuó hablando de ella. El Mago, no obstante, ya no reaccionaba.

—Háblame del amor entre vosotros —dijo ella, para ver si conseguía provocarlo. No quería saber, es más, no le gustaría saber. Pero era la manera más adecuada de conseguir alguna reacción.

—Amor de jóvenes. Formábamos parte de una generación que no conocía límites, que amaba a los Beatles y a los Rolling Stones.

Ella se sorprendió al oír aquello. La bebida, en vez de relajarla, estaba haciendo que se pusiera tensa. Siempre quiso hacer estas preguntas y ahora se daba cuenta de que las respuestas no la hacían feliz.

—Fue en esta época en que nos encontramos —continuó hablando sin percibir nada—. Ambos estábamos buscando nuestros caminos cuando ellos se cruzaron, cuando fuimos a aprender con el mismo Maestro. Juntos aprendimos la Tradición del Sol, la Tradición de la Luna y cada uno se tornó un Maestro a su manera.

Brida decidió continuar el tema. Dos botellas de vino consiguen transformar a extraños en amigos de infancia. Y vuelven valientes a las personas.

—¿Por qué os separasteis?

Esta vez le tocó al Mago pedir otra botella. Ella lo notó y se puso más tensa. Odiaría saber que él aún estaba enamorado de Wicca.

Nos separamos porque aprendimos sobre la Otra Parte.

—Si no hubierais sabido lo de los puntos luminosos, ni lo del brillo de los ojos, ¿estaríais juntos ahora?

—No sé. Sé tan sólo que, si estuviésemos, no sería nada bueno para ninguno de los dos. Sólo entendemos la vida y el Universo cuando encontramos a nuestra Otra Parte.

Brida se quedó un rato sin saber qué decir. Fue el Mago quien retomó la conversación:

—Vamos a salir —dijo él, después de apenas probar el contenido de la tercera botella—. Necesito viento y aire frío en el rostro.

«Se está sintiendo embriagado —pensó ella—. Y tiene miedo.» Sintió orgullo de sí misma, podía resistir más que él la bebida, y no tenía el menor miedo a perder el control. Había salido aquella noche para divertirse.

—Un poco más. Yo soy el Rey de la Noche.

El Mago bebió una copa más. Pero sabía que había llegado a su límite.

No preguntas nada sobre mí —dijo ella, desafiante—. ¿No tienes curiosidad? ¿O es que puedes ver a través de tus poderes?

Por una fracción de segundo, sintió que estaba yendo demasiado lejos, pero no le dio importancia. Solamente notó que los ojos del Mago habían cambiado, estaban con un brillo totalmente diferente. Algo en Brida pareció abrirse, o, mejor dicho, tuvo la sensación de que había una muralla cayendo, que de allí en adelante todo sería permitido. Se acordó del encuentro más reciente en que estuvieron juntos, de las ganas de estar cerca de él, y de la frialdad con que él la había tratado. Ahora entendía que no había ido allí, aquella noche, para agradecer nada. Estaba allí para vengarse. Para decirle que había descubierto la Fuerza con otro hombre, un hombre al que amaba.

«¿Por qué necesito vengarme de él? ¿Por qué le tengo rabia?» Pero el vino no la dejaba responder con claridad.

El Mago miraba a la chica situada frente a él y el deseo de demostrar el Poder entraba y salía de su cabeza. Por causa de un día como éste, muchos años atrás, su vida había cambiado. En aquella época existían Beatles y Rolling Stones, sí. Pero existían también personas que buscaban fuerzas desconocidas sin creer en ellas, utilizaban poderes mágicos porque se consideraban más fuertes que los propios poderes, y estaban seguros de poder salir de la Tradición cuando se encontrasen suficientemente aburridos. Él había sido uno de ellos. Había entrado en el mundo sagrado a través de la Tradición de la Luna, aprendiendo rituales y cruzando el puente que unía lo visible con lo invisible.

Primero trató con estas fuerzas sin ayuda de nadie, apenas a través de los libros. Después, encontró a su Maestro. Ya en el primer encuentro, el Maestro le dijo que él aprendería mejor la Tradición del Sol, pero el Mago no quería. La Tradición de la Luna era más fascinante, abarcaba los rituales antiguos y la sabiduría del tiempo. El Maestro, entonces, le enseñó la Tradición de la Luna, explicándole que tal vez fuese éste el camino para que llegase hasta la Tradición del Sol.

En aquella época vivía seguro de sí mismo, seguro de la vida, seguro de sus conquistas. Tenía una brillante carrera profesional frente a él, y pensaba utilizar la Tradición de la Luna

para alcanzar sus objetivos. Para obtener este derecho, la hechicería exigía que en primer lugar fuera consagrado Maestro.
Y, en segundo lugar, que jamás desacatase la única limitación
que era impuesta a los Maestros de la Tradición de la Luna:
cambiar la voluntad de los otros. Podía abrir su camino en este
mundo utilizando sus conocimientos mágicos, pero no podía
apartar a los otros de su dirección ni obligarlos a caminar por
él. Era ésta la única prohibición, el único árbol cuyo fruto no
podía comer.

Y todo iba bien, hasta que se enamoró de una discípula de
su Maestro, y ella se enamoró de él. Ambos conocían las
Tradiciones; él sabía que no era su hombre, ella sabía que no
era su mujer. Aun así, se entregaron el uno al otro, dejando en
manos de la vida la responsabilidad de separarlos cuando llegase el momento. Esto, en vez de disminuir la entrega, hizo que
los dos viviesen cada instante como si fuese el último, y el amor
entre ellos pasó a tener la intensidad de las cosas que se tornan
eternas porque saben que van a morir.

Hasta que un día ella encontró a otro hombre. Un hombre
que no conocía las Tradiciones, y que tampoco poseía el punto
luminoso en el hombro, o el brillo en los ojos que revela la Otra
Parte. Pero ella se enamoró, ya que el amor tampoco respeta
razones; para ella, su etapa con el Mago había llegado al final.

Discutieron, pelearon, él pidió e imploró. Se sometió a
todas las humillaciones a que las personas enamoradas acostumbran a someterse. Aprendió cosas que jamás había soñado
aprender a través del amor; la espera, el miedo, y la aceptación.
«Él no tiene la luz en el hombro, me lo has dicho», intentaba
argumentar con ella. Pero ella no le hacía caso, antes de conocer a su Otra Parte, quería conocer a los hombres y al mundo.

El Mago estableció un límite para su dolor. Cuando lo
alcanzase, olvidaría a la mujer. Este límite llegó un día, por un
motivo que no recordaba ahora, pero, en vez de olvidarla, des-

cubrió que su Maestro tenía razón, que las emociones son salvajes y que es precisa sabiduría para controlarlas. Su pasión era más fuerte que todos sus años de estudio en la Tradición de la Luna, más fuerte que los controles mentales aprendidos, más fuerte que la rígida disciplina a la que había tenido que someterse para llegar a donde había llegado. La pasión era una fuerza ciega, y todo lo que le susurraba al oído era que no podía perder a aquella mujer.

No podía hacer nada en contra de ella; ella también era una Maestra, como él, y conocía su oficio a través de muchas encarnaciones, algunas llenas de reconocimiento y gloria, otras marcadas por el fuego y por el sufrimiento. Ella sabría defenderse.

Entretanto, en la lucha furiosa de su pasión, había una tercera persona. Un hombre preso en la misteriosa trama del destino, la tela de araña que ni los Magos ni las Hechiceras son capaces de comprender. Un hombre común, tal vez tan apasionado como él por aquella mujer, también deseando verla feliz, queriendo darle lo mejor de sí. Un hombre común, que los misteriosos designios de la Providencia habían lanzado de repente en medio de la lucha furiosa entre un hombre y una mujer que conocían la Tradición de la Luna.

Cierta noche, cuando no consiguió controlar más su dolor, comió el fruto del árbol prohibido. Usando los poderes y los conocimientos que la sabiduría del Tiempo le había enseñado, alejó a aquel hombre de la mujer que amaba.

No sabía hasta hoy si la mujer lo había descubierto; era posible que ella ya estuviese aburrida de su nueva conquista y no diese mucha importancia a lo sucedido. Pero su Maestro lo sabía. Su Maestro sabía todo, y la Tradición de la Luna era implacable con los Iniciados que utilizasen la Magia Negra,

principalmente en lo que hay de más vulnerable y más importante en la raza humana: el Amor.

Al enfrentarse con su Maestro, entendió que el juramento
sagrado que había hecho no se podía romper. Entendió que las
fuerzas que creía dominar y utilizar eran mucho más poderosas
que él. Entendió que estaba en un camino que había escogido,
pero no era un camino como otro cualquiera; era imposible
romperlo. Entendió que en esta encarnación no había manera
de alejarse de él.

Ahora que había faltado, tenía que pagar un precio. Y el
precio fue beber el más cruel de los venenos —la soledad— hasta
que el Amor entendiese que él se había transformado de nuevo
en un Maestro. Entonces, el mismo Amor que él había herido
volvería a liberarlo, mostrándole finalmente su Otra Parte.

—No has preguntado nada sobre mí. ¿No tienes curiosidad, puedes «ver» todo con tus poderes?

La historia de su vida pasó en una fracción de segundo, el tiempo necesario para decidir si dejaba a las cosas correr como corrían en la Tradición del Sol. O si debía hablar del punto luminoso e interferir en el destino.

Brida quería ser una bruja, pero aún no lo era. Se acordó de la cabaña en lo alto del árbol, donde había estado a punto de hablarle sobre aquello, ahora mismo, la tentación se repetía, porque él había bajado su espada, había olvidado que el diablo habita en los detalles. Los hombres son dueños de su propio destino. Siempre pueden cometer los mismos errores. Siempre pueden huir de todo lo que desean y que la vida, generosamente, coloca ante ellos.

O entonces, pueden entregarse a la Providencia Divina, tomados de la mano de Dios, y luchar por sus sueños, aceptando que ellos siempre llegan en la hora adecuada.

—Vamos a salir ahora —repitió el Mago. Y Brida vio que estaba hablando en serio.

Ella insistió en pagar la cuenta; era el Rey de la Noche. Se pusieron los abrigos y salieron hacia el frío, que ya no castigaba tanto, faltaban pocas semanas para la primavera.

Caminaron juntos hasta la estación. Un autobús iba a salir

dentro de algunos minutos. El frío hizo que la irritación de Brida fuese sustituida por una inmensa confusión, algo que no conseguía explicar. No quería irse en aquel autobús, estaba mal, parecía que el objetivo principal de la noche se había estropeado, y ella tenía que arreglar todo antes de partir. Había venido hasta allí para agradecerle, y se estaba portando igual que las veces anteriores.

Dijo que estaba mareada, y no subió al autobús.

Pasaron quince minutos, y otro autobús llegó.

—No quiero irme ahora —dijo ella—. No es porque me encuentre mal por la bebida. Es porque lo he estropeado todo. No te he agradecido como debía.

—Éste es el último autobús de esta noche —dijo el Mago.

—Tomaré un taxi después. Aunque sea caro.

Cuando el autobús partió, Brida se arrepintió de haberse quedado. Estaba confusa, no tenía idea de lo que realmente quería. «Estoy borracha», pensó.

—Vamos a pasear un poco. Quiero ponerme sobria.

Anduvieron por la pequeña ciudad vacía, con sus candeleros encendidos y las ventanas apagadas. «No es posible. Vi el brillo en los ojos de Lorens y, sin embargo, quiero quedarme aquí con este hombre.» Era una mujer vulgar, inconstante, indigna de todas las enseñanzas y experiencias de la hechicería. Estaba avergonzada de sí misma: unos tragos de vino y Lorens, y la Otra Parte, y todo lo que había aprendido en la Tradición de la Luna ya no tenía importancia. Pensó, por algunos instantes, que quizás estuviese equivocada, que el brillo en los ojos de Lorens no era exactamente el mismo que la Tradición del Sol enseñaba. Pero se estaba engañando a sí misma; nadie confunde el brillo de los ojos de su Otra Parte.

Si existiesen varias personas en un teatro, y Lorens fuese una de ellas, y jamás hubiese hablado con él antes, en el momento en que sus ojos se cruzasen con los de él, tendría plena seguridad de que estaba ante el hombre de su vida. Conseguiría acercarse, él sería receptivo, porque las Tradiciones no yerran nunca, las Otras Partes terminan encontrándose siempre. Antes de oír hablar de esto, ya había oído hablar del Amor a Primera Vista, que nadie podía explicar exactamente.

Cualquier ser humano podía reconocer este brillo, aun sin despertar ninguna fuerza mágica. Ella conocía este brillo antes de saber su existencia. Lo había visto, por ejemplo, en los ojos del Mago, la tarde que ellos fueron al bar por primera vez.

Se paró de repente.

«Estoy borracha», pensó otra vez. Tenía que olvidar aquello rápidamente. Tenía que contar el dinero, saber si le llegaba para volver en taxi. Esto era muy importante.

Pero había visto el brillo en los ojos del Mago. El brillo que mostraba a su Otra Parte.

—Estás pálida —dijo el Mago—. Debes de haber bebido demasiado.

—Ya pasará. Vamos a sentarnos un poco y se me pasa. Después me iré a casa.

Se sentaron en un banco, mientras ella revisaba su bolso en busca de monedas. Podía levantarse de allí, tomar un taxi, e irse para siempre; conocía a su Maestra, sabía dónde continuar su camino. Conocía también a su Otra Parte; si decidía levantarse de aquel banco y partir, aun así estaría cumpliendo la misión que Dios le había destinado.

Pero tenía 21 años. En estos 21 años, ya sabía que era posible encontrar dos Otras Partes en la misma encarnación, y el resultado de esto era dolor y sufrimiento.

¿Cómo podría escaparse de esto?

—No me voy a casa —dijo—. Me quedo.

Los ojos del Mago brillaron y, lo que antes era apenas esperanza, pasó a ser una certeza.

Continuaron caminando. El Mago vio el halo de Brida cambiando varias veces de color, y anheló que ella estuviera en el rumbo adecuado. Sabía de los truenos y terremotos que explotaban, en aquel momento, en el alma de su Otra Parte, pero así era el proceso de transformación. Así se transforman la tierra, las estrellas y los hombres.

Salieron de la aldea, y estaban en pleno campo, andando en dirección a las montañas donde siempre se encontraban, cuando Brida pidió que se parasen.

—Vamos a entrar aquí —dijo ella, doblando por un camino que iba a dar a una plantación de trigo. No sabía por qué estaba haciendo aquello. Sentía tan sólo que necesitaba la fuerza de la Naturaleza, de sus espíritus amigos, que desde la creación del mundo habitaban todos los lugares bonitos del planeta. Una inmensa luna brillaba en el cielo, y les permitía ver el sendero y el campo alrededor.

El Mago seguía a Brida sin decir nada. En el fondo de su corazón, agradecía a Dios por haber creído. Y por no haber repetido el mismo error, que estuvo a punto de repetir, un minuto antes de recibir aquello que estaba pidiendo.

Entraron al campo de trigo, que la luz de la luna transformaba en un mar plateado. Brida andaba sin rumbo, sin tener la menor idea de cuál sería su próximo paso. Dentro de ella, una voz le decía que podía seguir adelante, que era una mujer tan fuerte como sus antepasados, y que no se preocupase, pues ellas estaban allí guiando sus pasos y protegiéndola con la Sabiduría del Tiempo.

Pararon en medio del campo. Estaban rodeados de montañas, y en una de estas montañas había una piedra desde donde se veía perfectamente el sol, una cabaña de cazador más alta que todas las otras, y un lugar donde cierta noche una chica se había enfrentado con el terror y la oscuridad.

«Estoy entregada –pensó para sí–. Estoy entregada y sé que estoy protegida.» Mentalizó la vela encendida en su casa, el sello con la Tradición de la Luna.

–Aquí está bien –dijo ella, deteniéndose.

Tomó una rama y trazó un gran círculo en el suelo, mientras decía los nombres sagrados que su Maestra le había enseñado. No tenía su daga ritual, ni sus otros objetos sagrados, pero sus antepasadas estaban allí, y ellas decían que, para no morir en la hoguera, habían consagrado sus utensilios de cocina.

«Todo el mundo es sagrado», dijo. Aquella rama era sagrada.

–Sí –respondió el Mago–. Todo en este mundo es sagrado. Y un grano de arena puede ser un puente hacia lo invisible.

–En este momento, no obstante, el puente hacia lo invisible es mi Otra Parte –respondió Brida.

Los ojos de él se llenaron de lágrimas. Dios era justo.

Los dos entraron en el círculo, y ella lo cerró ritualmente. Era la protección que magos y hechiceros utilizaban desde tiempos inmemoriales.

–Tú generosamente mostraste tu mundo –dijo Brida–. Hago esto ahora, un ritual, para mostrar que yo pertenezco a él.

Ella levantó los brazos hacia la Luna e invocó a las fuerzas mágicas de la Naturaleza. Muchas veces había visto a su Maestra hacer esto, cuando iban al bosque –pero ahora era ella quien lo hacía, con la certeza de que nada podría salir mal–.

Las fuerzas le decían que no necesitaba aprender nada, bastaba recordar sus muchos tiempos y sus muchas vidas como
bruja. Rezó entonces para que la cosecha fuese abundante, y
que aquel campo nunca dejase de ser fértil. Allí estaba ella, la
sacerdotisa que, en otras épocas, había unido conocimiento del
suelo con la transformación de la simiente, y había rezado
mientras su hombre trabajaba la tierra.

El Mago dejó que Brida diese los pasos iniciales. Sabía que,
en un determinado momento, él tenía que asumir el control;
pero precisaba también dejar grabado en el espacio y en el
tiempo que fue ella quien inició el proceso. Su Maestro, que en
aquel instante vagaba en el mundo astral esperando la próxima
vida, seguramente estaba presente en el campo de trigo, de la
misma manera que había estado en el bar, en su última tentación, y debía estar contento porque él había aprendido con el
sufrimiento. Escuchó, en silencio, las invocaciones de Brida,
hasta que ella paró.

—No sé por qué hice esto. Pero cumplo con mi parte.

—Yo continúo —dijo él.

Entonces, se giró hacia el Norte e imitó el canto de pájaros
que ahora sólo existían en leyendas y mitos. Era el único detalle que faltaba. Wicca era una buena Maestra, y le había enseñado casi todo, menos el final.

Cuando el sonido del pelícano sagrado y del ave fénix fueron invocados, el círculo entero se llenó de luz, una luz misteriosa, que no iluminaba nada a su alrededor pero que, a pesar
de ello, era una luz. El Mago miró a su Otra Parte y allí estaba
ella, resplandeciendo en su cuerpo eterno, con el aura dorada y
los filamentos de luz saliendo de su ombligo y de su cabeza.
Sabía que ella estaba viendo lo mismo, y estaba viendo el punto
luminoso encima del hombro izquierdo de él, aunque un poco
distorsionado a causa del vino que habían tomado antes.

—Mi Otra Parte —dijo ella, en voz baja, al notar el punto.

–Voy a caminar contigo por la Tradición de la Luna –dijo el Mago. E inmediatamente el campo de trigo a su alrededor se transformó en un desierto grisáceo, donde había un templo con mujeres vestidas de blanco, danzando delante de la inmensa puerta de entrada. Brida y el Mago miraban aquello desde lo alto de una duna, y ella no sabía si las personas podían verla.

Brida sentía al Mago a su lado, quería preguntar qué significaba aquella visión, pero no conseguía que la voz saliera de su garganta. Él percibió el miedo en los ojos de ella, y volvieron al círculo de luz en el campo de trigo.

–¿Qué fue eso? –preguntó ella.

–Un regalo mío para ti. Éste es uno de los once templos secretos de la Tradición de la Luna. Un regalo de amor, de gratitud, por el hecho de que existas, y que yo haya esperado tanto tiempo para encontrarte.

–Llévame contigo –dijo ella–. Enséñame a caminar por tu mundo.

Y los dos viajaron en el tiempo, en el espacio, en las Tradiciones. Brida vio campos floridos, animales que sólo conocía a través de libros, castillos misteriosos y ciudades que parecían fluctuar en nubes de luz. El cielo quedó completamente iluminado, mientras el Mago dibujaba para ella, encima del campo de trigo, los símbolos sagrados de la Tradición. A cierta altura parecían estar en uno de los polos de la Tierra, con todo el paisaje cubierto de hielo, pero no era este planeta; otras criaturas, menores, con dedos más largos y ojos diferentes, trabajaban en una inmensa nave espacial. Siempre que intentaba comentar algo con él, las imágenes desaparecían y eran sustituidas por otras. Brida entendió, con su alma de mujer, que aquel hombre estaba allí esforzándose por mostrarle todo lo que había aprendido en tantos años, y que debía haberlo guardado durante todo ese tiempo sólo para obsequiarla. Pero podía entregarse a ella sin miedo, porque era su

Otra Parte. Podía viajar con él a través de los Campos Elíseos, donde las almas iluminadas habitan, y donde las almas que aún van en busca de iluminación hacen visitas de vez en cuando, para alimentarse de esperanza.

No supo precisar cuánto tiempo pasó, hasta que se vio otra vez con el ser luminoso dentro del círculo que ella misma había trazado. Ya había sentido el amor otras veces, pero hasta aquella noche, el amor también significaba miedo. Este miedo, por pequeño que fuese, era siempre un velo –podía ver a través de él casi todo, menos los colores–. Y, en aquel momento, con su Otra Parte enfrente de ella, entendía que el amor era una sensación muy unida a los colores –como si fuesen millares de arcoiris superpuestos unos a otros.

«Cuántas cosas perdí por miedo a perder», pensó, mirando a los arcoiris.

Estaba acostada, el ser luminoso sobre ella, con un punto de luz encima del hombro izquierdo, y fibras brillantes saliendo de su cabeza y de su ombligo.

–Quería hablar contigo y no lo conseguía –dijo ella.

–A causa de la bebida –respondió él.

Aquello, para Brida, era un recuerdo distante: bar, vino, y la sensación de que estaba irritada con algo que no quería aceptar.

–Gracias por las visiones.

–No fueron visiones –dijo el ser luminoso–. Tú has visto la sabiduría de la Tierra y de un planeta distante.

Brida no quería hablar de estos temas. No quería clases. Quería sólo lo que había experimentado.

–¿También estoy luminosa?

–Igual que yo. El mismo color, la misma luz. Y los mismos haces de energía.

El color ahora era dorado, y los haces de energía, que salían del ombligo y de la cabeza, eran de un azul claro brillante.

—Siento que estábamos perdidos y que ahora estamos salvados —dijo Brida.

—Estoy cansado. Tenemos que volver. Yo también bebí mucho.

Brida sabía que, en algún lugar, existía un mundo con bares, campos de trigo y estaciones de autobús. Pero no quería regresar a él, todo lo que deseaba era quedarse allí para siempre. Escuchó una voz distante, haciendo invocaciones, mientras la luz a su alrededor iba disminuyendo, hasta apagarse por completo. Una luna enorme volvió a encenderse en el cielo, iluminando el campo. Estaban desnudos, abrazados. Y no sentían ni frío ni vergüenza.

El Mago pidió a Brida que cerrara el ritual, ya que era ella quien había comenzado. Brida pronunció las palabras que sabía, y él la ayudó. Cuando todas las fórmulas fueron dichas, él abrió el círculo mágico. Se vistieron y se sentaron en el suelo.

—Vámonos de aquí —dijo Brida, después de cierto tiempo. El Mago se levantó, y ella hizo lo mismo. No sabía qué decir, estaba turbada, al igual que él. Habían confesado su amor y ahora, como cualquier pareja que atraviesa por esta experiencia, no conseguían mirarse a los ojos.

Fue el Mago quien rompió el silencio.

—Tienes que volver a la ciudad. Sé dónde pedir un taxi.

Brida no sabía si estaba desilusionada o aliviada con el comentario. La sensación de alegría comenzaba a ser sustituida por sensación de malestar y dolor de cabeza. Tenía la seguridad de que sería una pésima compañía aquella noche.

—Está bien —respondió.

Cambiaron otra vez de rumbo y regresaron a la ciudad. Él llamó un taxi desde una cabina telefónica. Después se quedaron sentados en el borde de la acera, mientras esperaban el coche.

—Quiero agradecerte esta noche —dijo ella.

Él no dijo nada.

—No sé si la fiesta del Equinoccio es una fiesta sólo para hechiceras. Pero será un día importante para mí.

—Una fiesta es una fiesta.

—Entonces me gustaría invitarte.

Él hizo un gesto, como quien quiere cambiar de tema. Debía de estar pensando en aquel momento lo mismo que ella, qué difícil es separarse de la Otra Parte, una vez que la hemos encontrado. Lo imaginaba volviendo hacia su casa, solo, preguntándose cuándo volvería ella. Ella volvería, porque así lo mandaba su corazón. Sin embargo, la soledad de los bosques es más difícil de soportar que la soledad de las ciudades.

—No sé si el amor surge de repente —continuó Brida—. Pero sé que estoy abierta a él. Preparada para recibirlo.

El taxi llegó. Brida miró una vez más al Mago, y sintió que él estaba mucho más joven.

—También estoy preparado para el Amor —fue todo lo que dijo.

La cocina era amplia, y los rayos de sol entraban a través de las ventanas inmaculadamente limpias.

—¿Dormiste bien, hija?

Su madre colocó el chocolate caliente en la mesa, junto con las tostadas y el queso. Después volvió al fogón, para preparar huevos con beicon.

—Sí. Quiero saber si mi vestido está listo. Lo necesito para la fiesta de pasado mañana.

La madre trajo los huevos con beicon y se sentó. Sabía que algo preocupaba a su hija, pero no podía hacer nada. Hoy le gustaría hablar con ella como jamás lo habían hecho en el pasado, pero de poco serviría. Había un mundo nuevo allí afuera, que ella aún no conocía.

Sentía miedo, porque la amaba y ella caminaba sola por este mundo nuevo.

—¿El vestido estará listo, mamá? —insistió Brida.

—Antes del almuerzo —respondió. Y aquello la dejó feliz. Por lo menos en ciertas cosas el mundo no había cambiado. Las madres continuaban resolviendo algunos problemas para las hijas.

Dudó un poco. Pero terminó preguntando:

—¿Cómo está Lorens, hija?

—Bien. Vendrá esta tarde a buscarme.

Se quedó aliviada y triste al mismo tiempo. Los problemas del corazón siempre maltrataban el alma, y ella dio gracias a Dios porque su hija no estuviera ante uno de ellos. Pero, por otro lado, éste era quizás el único tema en el que podría ayudarla; el amor había cambiado muy poco a través de los siglos.

Salieron a dar un paseo por la pequeña ciudad donde Brida había pasado toda su infancia. Las casas continuaban siendo las mismas, las personas aún hacían las mismas cosas. Su hija encontró algunas amigas de colegio, que hoy trabajaban en la única agencia de banco o en la papelería. Todos se conocían por el nombre, y saludaban a Brida; algunos comentaban cómo había crecido, otros le insinuaban que se había transformado en una mujer bonita. Tomaron un té a las diez de la mañana, en el mismo restaurante adonde acostumbraba a ir los sábados, antes de conocer a su marido, en busca de algún encuentro, alguna pasión repentina, algo que acabase de repente con los días monótonos.

La madre miró de nuevo a la hija, mientras conversaban sobre las novedades en la vida de cada una de las personas del pueblo. Brida continuaba interesada en esto, y ella se alegró.

—Necesito el vestido hoy —repitió Brida. Parecía afligida, pero no debía de ser por eso. Sabía que la madre jamás había dejado de satisfacer un deseo suyo.

Tenía que arriesgarse otra vez. Hacer las preguntas que los hijos siempre odian oír, porque son personas independientes, libres, capaces de resolver sus cosas.

—¿Existe algún problema, hija mía?

—¿Amaste alguna vez a dos hombres, mamá? —Había un tono de desafío en su voz como si el mundo tendiera sus trampas sólo para ella.

La madre mojó una magdalena en la taza de té, y comió con

delicadeza. Sus ojos corrieron en busca de un tiempo casi perdido.

—Sí. Los amé.

Brida paró y la miró espantada.

La madre sonrió. Y la invitó a continuar el paseo.

—Tu padre fue mi primer y más grande amor —dijo, cuando salieron del restaurante—. Soy feliz a su lado. Tuve todo lo que soñé cuando era mucho más joven que tú. En aquella época, tanto mis amigas como yo, creíamos que el único motivo de la vida era el amor. Quien no consiguiese encontrar a alguien, no podría decir que había realizado sus sueños.

—Vuelve al tema, mamá. —Brida estaba impaciente.

—Tenía sueños muy diferentes. Soñaba, por ejemplo, en hacer lo mismo que tú has hecho: ir a vivir a una ciudad grande, conocer el mundo que existía más allá de los límites de mi aldea. La única forma de conseguir que mis padres aceptasen mi decisión, era diciendo que necesitaba estudiar fuera, realizar algún curso que no existiese en las cercanías.

»Pasé muchas noches despierta, pensando en la conversación que mantendría con ellos. Planeaba cada frase que diría, lo que ellos contestarían, y cómo debía argumentar nuevamente.

Su madre jamás le había hablado de aquella manera. Brida escuchaba con cariño, y sintió algún arrepentimiento. Podrían haber disfrutado otros momentos como éste, pero cada una estaba presa en su mundo y en sus valores.

—Dos días antes de mi conversación con ellos, conocí a tu padre. Miré a sus ojos y tenían un brillo especial, como si yo hubiese encontrado a la persona que más deseaba encontrar en la vida.

—Conozco esto, mamá.

—Después que conocí a tu padre, entendí también que mi búsqueda estaba terminada. Ya no necesitaba una explicación para el mundo, ni me sentía frustrada por vivir aquí, entre las mismas personas, y haciendo las mismas cosas. Cada día pasó a ser diferente, a causa del inmenso amor que uno sentía por el otro.

»Nos hicimos novios y nos casamos. Nunca le hablé de mis sueños de vivir en una ciudad grande, de conocer otros lugares y otras personas. Porque, de repente, el mundo entero cabía en mi aldea. El amor explicaba mi vida.

—Hablaste de otra persona, mamá.

—Quiero mostrarte una cosa —fue todo lo que dijo.

Caminaron hasta el comienzo de una escalinata que llevaba a la única iglesia católica del lugar, y que ya había sido construida y destruida durante varias guerras religiosas. Brida acostumbraba a ir a misa allí todos los domingos y subir aquellos escalones —cuando era niña— era un verdadero suplicio. Al principio de cada pasamanos había la estatua de un santo —san Pablo a la izquierda, y el apóstol Santiago a la derecha— ya bastante destruidas por el tiempo y por los turistas. El suelo estaba cubierto de hojas secas como si, en aquel lugar, en vez de la primavera, estuviese llegando el otoño.

La iglesia estaba situada en lo alto de la colina, y era imposible verla desde donde estaban, debido a los árboles. Su madre se sentó en el primer escalón e invitó a Brida a hacer lo mismo.

—Fue aquí —dijo la madre—. Un día, por algún motivo que ya no consigo recordar, decidí rezar durante toda la tarde. Necesitaba estar sola, reflexionar sobre mi vida, y pensé que, tal vez, la iglesia sería un buen lugar para ello.

»Sin embargo, cuando llegué aquí, encontré a un hombre. Estaba sentado ahí donde estás tú, con dos maletas a su lado, y parecía perdido, buscando algo desesperadamente en un libro abierto que tenía en sus manos. Pensé que tal vez sería un turista en busca de hotel, y decidí acercarme. Yo misma inicié la conversación. Al principio se quedó un poco extrañado, pero en seguida se sintió a gusto.

»Me dijo que no estaba perdido. Era un arqueólogo, y se dirigía con su automóvil hacia el Norte –donde había encontrado algunas ruinas– cuando se le paró el motor. Un mecánico ya estaba en camino y había aprovechado la espera para conocer la iglesia. Me hizo algunas preguntas sobre el pueblo, las aldeas cercanas, los monumentos históricos.

»De repente, todos los problemas que tenía aquella tarde desaparecieron como por milagro. Me sentía útil, y empecé a contarle lo que sabía, sintiendo que, de repente, todos los años que había vivido en esta región empezaban a tener un sentido. Tenía frente a mí a un hombre que estudiaba personas y pueblos, que era capaz de guardar para siempre, para todas las generaciones futuras, lo que yo había escuchado o descubierto cuando era niña. Aquel hombre que estaba en la escalinata me hizo entender lo importante que yo era para el mundo y para la historia de mi país. Me sentí necesaria, y ésta es una de las mejores sensaciones que un ser humano puede tener.

»Cuando acabé de hablarle de la iglesia, continuamos conversando sobre otras cosas. Le conté el orgullo que sentía por mi ciudad, y él me respondió con la frase de un escritor, cuyo nombre no recuerdo, diciendo que «es su aldea la que le da el poder universal».

–León Tolstoi –dijo Brida.

Pero su madre estaba viajando en el tiempo, como ella también había hecho un día. Sólo que no necesitaba catedrales en el espacio, bibliotecas subterráneas ni libros empolvados; bastaba el recuerdo de una tarde de primavera y un hombre con maletas en una escalinata.

–Hablamos durante algún tiempo. Yo tenía la tarde entera para quedarme con él, pero en cualquier momento podía llegar el mecánico. Decidí aprovechar al máximo cada segundo. Le pregunté acerca de su mundo, las excavaciones, el desafío de vivir buscando el pasado en el presente. Él me habló de guerreros, de sabios y de piratas que habitaron nuestras tierras.

»Cuando me di cuenta, el sol estaba casi en el horizonte y nunca, en toda mi vida, una tarde había pasado tan rápidamente.

»Entendí que él estaba sintiendo lo mismo. Continuamente me hacía preguntas para mantener la conversación y no darme tiempo de que dijera que tenía que irme. Hablaba sin parar, contaba todo lo que vivió hasta aquel día, y quería saber lo mismo de mí. Noté que sus ojos me deseaban, aun teniendo yo, en aquella época, el doble de tu edad.

»Era primavera, había un agradable olor de algo nuevo en el aire y me sentí nuevamente joven. Aquí, en los alrededores, existe una flor que sólo aparece en el otoño; pues bien, aquella tarde me sentí como esa flor. Como si, de repente, en el otoño de mi vida, cuando yo pensaba que había vivido todo lo que podía vivir, surgiese aquel hombre en la escalinata solamente para mostrarme que ningún sentimiento −como el amor, por ejemplo− envejece junto con el cuerpo. Los sentimientos forman parte de un mundo que yo no conozco, pero es un mundo donde no existe tiempo, ni espacio, ni fronteras.

Permaneció algún tiempo en silencio. Sus ojos continuaban distantes, en aquella primavera.

−Allí estaba yo, como una adolescente de 38 años, sintiéndome de nuevo deseada. Él no quería que me fuese. Hasta que llegó un momento en que dejó de hablar. Miró en el fondo de mis ojos y sonrió. Como si hubiese entendido con su corazón lo que yo estaba pensando, y quisiera decirme que sí, que era verdad, que yo era muy importante para él. Nos quedamos algún tiempo callados, y después nos despedimos. El mecánico no había llegado.

»Durante muchos días pensé si aquel hombre había existido de verdad, o si era un ángel que Dios había enviado para mostrarme las lecciones secretas de la vida. Al final, concluí que era realmente un hombre. Un hombre que me había amado, aunque fuera sólo por una tarde, y que en esa tarde me entregó todo lo que había guardado durante toda su vida, sus luchas, sus éxtasis, sus dificultades y sus sueños. También yo me entregué por completo aquella tarde; fui su compañera, esposa, oyente, amante. En unas horas, pude sentir el amor de toda una vida.

La madre miró a la hija. Le habría gustado que hubiese entendido todo. Pero, en el fondo, creía que Brida vivía en un mundo donde este tipo de amor ya no tenía lugar.

—Jamás dejé de amar a tu padre, ni siquiera un solo día —concluyó—. Él siempre estuvo a mi lado, me dio lo mejor que tenía, y yo quiero estar junto a él hasta el fin de mis días. Pero el corazón es un misterio, y yo jamás voy a entender lo que pasó. Lo que sé es que aquel encuentro me dio más confianza en mí misma, mostrándome que aún era capaz de amar y ser amada, y enseñándome algo que nunca voy a olvidar: cuando encuentres una cosa importante en la vida, no quiere decir que tengas que renunciar a todas las otras.

»A veces todavía me acuerdo de él. Me gustaría saber dónde está, si descubrió lo que buscaba aquella tarde, si está vivo, o si Dios se encargó de cuidarse de su alma. Sé que no volverá nunca, y sólo así pude amarlo con tanta fuerza y con tanta seguridad. Porque no podría jamás perderlo; él se había entregado por completo aquella tarde.

Su madre se levantó.

—Creo que tenemos que ir a casa a terminar tu vestido —dijo.

—Me quedaré un poco más aquí —respondió Brida.

Se aproximó a su hija y la besó con todo cariño.

—Gracias por escucharme. Es la primera vez que cuento esta historia. Siempre tuve miedo de morir con ella y apagarla para siempre de la faz de la Tierra. Ahora tú la guardarás para mí.

Brida subió la escalinata y se paró delante de la iglesia. El edificio, pequeño y redondo, era el gran orgullo de la región; fue uno de los primeros lugares sagrados del cristianismo en aquellas tierras y cada año estudiosos y turistas venían a visitarlo. Nada quedaba de la construcción original del siglo v, excepto algunas partes del suelo; cada destrucción, no obstante, dejaba alguna parte intacta, y de esta forma el visitante podía ver la historia de varios estilos arquitectónicos en una misma construcción.

Allá dentro, un órgano tocaba, y Brida permaneció algún tiempo escuchando la música. En aquella iglesia estaban las cosas bien explicadas, el universo en el lugar exacto donde debía estar, y quien entrase por sus puertas no necesitaba preocuparse de nada más. Allí no existían fuerzas misteriosas que estaban por encima de las personas, noches oscuras donde era necesario creer sin comprender. Ya no se hablaba de hogueras, y las religiones de todo el mundo convivían como si fuesen aliadas, uniendo otra vez el hombre a su Dios. Su país aún era una excepción en esta convivencia pacífica, al Norte, las personas se mataban en nombre de la fe. Pero esto debía acabar en algunos años; Dios estaba casi explicado. Él era un padre generoso, todos estaban salvados.

«Soy una hechicera», se dijo a sí misma, luchando contra un impulso cada vez mayor de entrar. Su Tradición ahora era diferente y, aun cuando fuese el mismo Dios, si ella cruzase aquellas puertas estaría profanando un lugar y siendo profanada por él.

Encendió un cigarrillo y contempló el horizonte, procurando no pensar más en ello. Intentó pensar en su madre. Tuvo ganas de volver corriendo a la casa, echarse a su cuello y contarle que dentro de dos días iba a ser iniciada en los Grandes Misterios de las hechiceras. Que había hecho viajes en el tiempo, que conocía la fuerza del sexo, que era capaz de saber lo que había en el escaparate de una tienda usando tan sólo las técnicas de la Tradición de la Luna. Necesitaba cariño y comprensión, porque también ella sabía historias que no podía contar a nadie.

El órgano paró de tocar, y Brida volvió a oír las voces de la ciudad, el canto de los pájaros, el viento que golpeaba en las ramas y anunciaba la llegada de la primavera. Detrás de la iglesia una puerta se abrió y se cerró, alguien había salido. Por un momento, se vio de nuevo en un domingo cualquiera de su infancia, de pie donde estaba ahora, irritada porque la misa era larga y el domingo era el único día en que podía correr por los campos.

«Tengo que entrar.» Tal vez su madre entendiese lo que estaba sintiendo; pero, en aquel momento, ella estaba lejos. Lo que tenía delante de sí era una iglesia vacía. Jamás había preguntado a Wicca cuál era el papel del cristianismo en todo lo que estaba pasando. Tenía la impresión de que, si cruzase aquella puerta, estaría traicionando a las hermanas quemadas en la hoguera.

«No obstante, yo también fui quemada en la hoguera», se

dijo para sí. Se acordó de la oración que Wicca hizo el día en que se conmemoraba el martirio de las brujas. Y en esta oración ella citó a Jesús y a la Virgen María. El amor estaba por encima de todo, y el amor no tenía odios, tan sólo equívocos. Quizás, en alguna época, los hombres hubiesen decidido ser los representantes de Dios y cometieron sus errores.

Pero Dios nada tenía que ver con esto.

No había nadie allí cuando finalmente entró. Algunas velas encendidas mostraban que, aquella mañana, una persona se había preocupado en renovar su alianza con una fuerza que apenas presentía y, de esta forma, había cruzado el puente entre lo visible y lo invisible. Se arrepintió de lo que había pensado antes: también allí nada estaba explicado, y las personas tenían que hacer su apuesta, sumergirse en la Noche Oscura de la Fe. Delante de ella, con los brazos abiertos en la cruz, estaba aquel Dios que parecía demasiado sencillo.

No podía ayudarla. Estaba sola en sus decisiones, y nadie podría ayudarla. Tenía que aprender a correr riesgos. No poseía las mismas facilidades que el crucificado que tenía frente a ella, quien conocía su misión porque era hijo de Dios. Nunca se equivocó. No conoció el amor entre los hombres, sólo el amor por su Padre. Todo lo que tenía que hacer era mostrar su sabiduría y enseñar de nuevo a la Humanidad el camino de los cielos.

Pero, ¿sería sólo eso? Se acordó de una clase de catecismo de un domingo, cuando el padre estaba más inspirado que de costumbre.

Aquel día, estaban estudiando el episodio en que Jesús rezaba a Dios, sudando sangre y pidiendo que el cáliz que tenía que beber fuese apartado.

«Pero, si él ya sabía que era hijo de Dios, ¿por qué pidió esto?», había preguntado al padre.

«Porque él lo sabía tan sólo con el corazón. Si hubiese tenido absoluta certeza, su misión no habría tenido sentido, porque no se habría transformado completamente en hombre. Ser hombre es tener dudas y, aun así, continuar su camino.»

Miró otra vez a la imagen y por primera vez en toda su vida se sintió más próxima a ella; tal vez allí estuviese un hombre solo y con miedo, enfrentando a la muerte y preguntando: «Padre, Padre, ¿por qué me has abandonado?» Si dijo esto, es porque ni él tenía seguridad de sus pasos. Había hecho una apuesta, buceado en la Noche Oscura como todos los hombres, sabiendo que sólo encontraría la respuesta al final de toda su jornada.

También Él tuvo que pasar por la angustia de tomar decisiones en su vida, de abandonar a su padre, a su madre, y a su pequeña ciudad para ir en busca de los secretos de los hombres, de los misterios de la Ley.

Si él había pasado por todo esto también había conocido el amor, aunque los Evangelios jamás hablasen de este tema, el amor entre personas era mucho más difícil de entender que el amor por un Ser Supremo. Pero ahora ella se acordaba de que, cuando resucitó, la primera persona para quien se apareció fue una mujer, que lo había acompañado hasta el final.

La imagen silenciosa parecía estar de acuerdo con ella. Había probado el vino, el pan, las fiestas, las personas y las bellezas del mundo. Era imposible que no hubiera conocido el amor de una mujer, y a causa de esto había sudado sangre en el Huerto de los Olivos, ya que era muy difícil dejar la tierra y entregarse por el amor de todos los hombres, después de conocer el amor de una única criatura.

Había probado todo lo que el mundo puede ofrecer, y aun así continuó su caminata, sabiendo que la Noche Oscura puede acabar en una cruz, o en una hoguera.

—Todos nosotros estamos en el mundo para correr los riesgos de la Noche Oscura, Señor. Tengo miedo de la muerte, pero no quiero perder la vida. Tengo miedo del amor, porque tiene que ver con cosas que están más allá de nuestra comprensión; su luz es inmensa, pero su sombra me asusta.

Se dio cuenta de que estaba rezando sin saber. El Dios simple la miraba; parecía entender sus palabras, y tomarlas en serio.

Por algún tiempo se quedó esperando una respuesta de Él, pero no oyó ningún sonido, ni percibió ninguna señal. La respuesta estaba allí, frente a ella, aquel hombre clavado en una cruz. Él había cumplido su parte, y mostró al mundo que si cada cual cumpliese la suya, nadie más necesitaría sufrir. Porque ya había sufrido por todos los hombres que tuvieron el valor de luchar por sus sueños.

Brida lloró un poco, sin saber por qué estaba llorando.

El día amaneció nublado, pero no iba a llover. Lorens vivía desde hacía muchos años en aquella ciudad, ya entendía sus nubes. Se levantó y fue hasta la cocina a preparar un café.

Brida entró antes de que el agua hirviese.

—Fuiste a dormir muy tarde ayer —dijo él.

Ella no respondió.

—Hoy es el día —continuó—. Sé lo importante que es. Me gustaría mucho estar a tu lado.

—Es una fiesta —respondió Brida.

—¿Qué quieres decir con esto?

—Es una fiesta. Desde que nos conocemos, siempre fuimos juntos a las fiestas. Estás convidado.

El Mago fue a ver si la lluvia del día anterior había perjudicado a sus bromelias. Estaban perfectas, se rió de sí mismo; al final, las fuerzas de la Naturaleza a veces conseguían entenderse.

Pensó en Wicca. Ella no iba a ver los puntos luminosos, porque sólo las Otras Partes pueden verlos entre sí; pero iba a notar la energía de los haces de luz circulando entre él y su discípula. Las hechiceras eran, antes que nada, mujeres.

La Tradición de la Luna llamaba a aquello «Visión del Amor» y, aun cuando esto pudiese suceder entre personas que estuviesen simplemente enamoradas –sin ninguna relación con la Otra Parte– calculó que esa visión le iba a dar rabia. Rabia femenina, rabia de madrastra de Blancanieves, que no admitía a nadie más bella.

Wicca, no obstante, era una Maestra, y pronto iba a percibir lo absurdo de su pensamiento. Pero a esta altura su aura ya habría cambiado de color.

Entonces se aproximaría a ella, le besaría el rostro y le diría que estaba celosa. Ella diría que no. Él le preguntaría por qué había sentido rabia.

Ella respondería que era una mujer y no necesitaba dar explicaciones de sus sentimientos. Él le daría otro beso, porque estaría diciendo la verdad. Y le diría que tuvo mucha nostalgia de ella durante el tiempo que estuvieron separados, y que aún la admiraba más que a cualquier otra mujer en el mundo, excepto Brida, porque Brida era su Otra Parte.

Wicca se quedaría contenta. Porque era sabia.

«Estoy viejo. Me paso el tiempo imaginando conversaciones.» Pero no era debido a la edad, los hombres enamorados siempre se comportan así, reflexionó.

Wicca se puso contenta porque la lluvia había parado y las nubes se disiparían antes del anochecer. La Naturaleza tenía que estar de acuerdo con las obras del ser humano.

Todas las medidas estaban tomadas, cada persona había cumplido su papel, no faltaba nada.

Fue hasta el altar e invocó a su Maestro. Le pidió que estuviera presente aquella noche; tres nuevas hechiceras serían iniciadas en los Grandes Misterios y la responsabilidad sobre sus hombros era enorme.

Después, fue a la cocina a preparar el café. Hizo jugo de naranja, tostadas, y comió algunas galletas dietéticas. Continuaba aún cuidando su apariencia, sabía lo bonita que era. No precisaba abdicar de su belleza sólo para probar que también era inteligente y capaz.

Mientras revolvía distraída el café, se acordó de un día como éste, muchos años atrás, cuando su Maestro selló su destino con los Grandes Misterios. Por unos instantes, intentó imaginar quién era entonces, cuáles eran sus sueños, qué esperaba de la vida.

«Estoy vicja. Me paso el tiempo recordando el pasado», dijo en voz alta. Acabó el café rápidamente e inició sus preparativos. Aún tenía algo que hacer.

Sabía, sin embargo, que no se estaba volviendo vieja. En su mundo no existía el Tiempo.

Brida se sorprendió por el gran número de automóviles estacionados al lado de la carretera. Las nubes pesadas de la mañana habían sido sustituidas por un cielo claro, donde la puesta de sol mostraba sus últimos rayos; a pesar del frío, aquél era el primer día de primavera.

Ella invocó la protección de los espíritus del bosque y después miró a Lorens. Él repitió las mismas palabras, un poco avergonzado, pero contento de estar allí. Para que continuasen unidos, era necesario que cada uno pisase, de vez en cuando, en la realidad del otro. También entre los dos había un puente entre lo visible y lo invisible. La magia estaba presente en todos los actos.

Caminaron rápidamente por el bosque y pronto entraron en el claro. Brida esperaba algo parecido; hombres y mujeres de todas las edades, y probablemente con las profesiones más diversas, estaban reunidos en grupos, conversando entre sí, procurando aparentar que todo aquello pareciera la cosa más natural del mundo. No obstante, estaban tan perplejos como ellos.

—¿Son todos éstos? —Lorens no esperaba aquello.

Brida respondió que no; algunos eran invitados como él. No sabía exactamente quién debía participar; todo sería revelado en el momento adecuado.

Escogieron un rincón y Lorens dejó la mochila en el suelo. Allí dentro estaba el vestido de Brida y tres garrafas de vino; Wicca había recomendado que cada persona, participante o invitada, trajese una. Antes de salir de casa, Lorens había preguntado por el tercer convidado. Brida le mencionó al Mago que acostumbraba a visitar en las montañas y él no le dio la menor importancia.

—Imagina —oyó a una mujer comentando a su lado—. Imagina si mis amigas supiesen que esta noche estoy en un verdadero *Sabbat*.

El *Sabbat* de las hechiceras. La fiesta que había sobrevivido a la sangre, a las hogueras, a la Edad de la Razón, y al olvido. Lorens procuró sentirse cómodo, diciéndose a sí mismo que allí existían muchas personas en su misma situación. Notó que varios troncos de leña seca estaban apilados en el centro del claro del bosque, y sintió un escalofrío.

Wicca estaba en un rincón, conversando con un grupo. Al ver a Brida, fue en seguida a saludarla y a preguntarle si todo iba bien. Ella agradeció la gentileza y le presentó a Lorens.

—Invité también a otra persona —dijo.

Wicca la miró, sorprendida. Pero inmediatamente mostró una amplia sonrisa. Brida tuvo la certeza de que sabía de quién se trataba.

—Me alegra —respondió—. La fiesta también es tuya. Y hace tiempo que no veo a aquel viejo brujo. Quién sabe si ya habrá aprendido algo.

Fue llegando más gente, sin que Brida pudiese distinguir quién era invitado y quién era participante. Media hora después, cuando casi unas cien personas conversaban en voz baja en el claro, Wicca pidió silencio.

—Esto es una ceremonia —dijo—. Pero esta ceremonia es una fiesta. Por favor, ninguna fiesta comienza antes de que las personas llenen sus cálices.

Abrió su garrafa y llenó el vaso de alguien que estaba a su lado. En poco tiempo, las garrafas circulaban y el tono de las voces aumentaba perceptiblemente. Brida no quería beber; aún estaba vivo en su memoria el recuerdo de un hombre, en un campo de trigo, mostrando para ella los templos secretos de la Tradición de la Luna. Además, el invitado que estaba esperando todavía no había llegado.

Lorens, en cambio, estaba mucho más relajado y comenzó a charlar con las personas cercanas.

—¡Es una fiesta! —le dijo, riendo, a Brida. Había venido preparado para cosas de otro mundo y tan sólo era una fiesta. Mucho más divertida, en verdad, que las fiestas de científicos que estaba obligado a frecuentar.

A una cierta distancia de su grupo había un señor de barba blanca que reconoció como uno de los catedráticos de la universidad. Permaneció algún tiempo sin saber qué hacer, pero el señor también lo reconoció y, desde donde estaba, levantó el vaso en brindis para él.

Lorens se sintió aliviado; ya no existía la caza a las brujas ni a sus simpatizantes.

—Parece un picnic. —Brida oyó decir a alguien. Sí, parecía un picnic y aquello le irritaba. Esperaba algo más ritualista, más próximo a los *Sabbats* que habían inspirado a Goya, Saint-Saëns, Picasso... Cogió una garrafa que tenía a su lado y también empezó a beber.

Una fiesta. Cruzar el puente entre lo visible y lo invisible a través de una fiesta. A Brida le gustaría mucho ver cómo algo sagrado podía tener lugar en un ambiente tan profano.

La noche caía rápidamente y las personas bebían sin parar. Cuando la oscuridad amenazó con cubrir todo el lugar, algunos de los hombres presentes —sin ningún ritual específico— encendieron la fogata. En el pasado también era así; la hoguera, antes de representar un elemento mágico poderoso, era tan sólo una luz. Una luz en torno a la cual las mujeres se reunían para hablar de sus hombres, de sus experiencias mágicas, de los encuentros con los *súcubos* e *íncubos*, los temibles demonios sexuales del Medievo. En el pasado, también era así, una fiesta, una inmensa fiesta popular, la celebración alegre de la primavera y de la esperanza, en una época en que ser alegre era desafiar la Ley, porque nadie podía divertirse en un mundo hecho sólo para tentar a los débiles. Los señores de la tierra, encerrados en sus castillos sombríos, contemplaban las hogueras en los bosques y se sentían robados, aquellos campesinos querían conocer la felicidad, y quien conoce la felicidad ya no consigue convivir sin rebeldía con la tristeza. Los campesinos podían tener ganas de ser felices todo el año, y ahí todo el sistema político y religioso estaría amenazado.

Cuatro o cinco personas, ya medio embriagadas, comenzaron a bailar alrededor de la fogata, quién sabe si queriendo imitar la fiesta de las brujas. Entre los que estaban bailando, Brida reconoció a una Iniciada que había conocido cuando Wicca conmemoró el martirio de las hermanas. Aquello le molestó; imaginaba que las personas de la Tradición de la Luna tendrían un comportamiento más acorde con el lugar sagrado que estaban pisando. Se acordó de la noche junto al Mago, y de cómo la bebida había interferido la comunicación entre ambos durante el paseo astral.

—Mis amigos se morirán de envidia —oyó decir—. Nunca creerán que estuve aquí.

Aquello fue demasiado para ella. Necesitaba alejarse un poco, entender bien lo que estaba sucediendo y luchar contra el inmenso deseo de volver a su casa, de huir de allí antes de decepcionarse de todo lo que había creído durante casi un año. Buscó a Wicca con los ojos; se reía y divertía con los otros invitados. El número de personas alrededor de la hoguera aumentaba cada vez más, algunas aplaudían y cantaban, acompañadas por otras que golpeaban con ramas y llaves las garrafas vacías.

—Tengo que dar una vuelta —le dijo a Lorens.

Él ya había formado un grupo a su alrededor, y las personas

estaban fascinadas con sus relatos sobre estrellas antiguas y milagros de la Física moderna. Mas paró inmediatamente de hablar.

—¿Quieres que vaya contigo?

—Prefiero ir sola.

Se alejó del grupo y caminó en dirección al bosque. Las voces se hacían cada vez más animadas y más altas, y todo aquello —los borrachos, los comentarios, las personas jugando a la brujería en torno de la fogata— comenzó a mezclarse en su cabeza. Había esperado tanto tiempo esta noche y tan sólo era una fiesta. Una fiesta igual a las de las asociaciones de beneficencia, donde las personas cenan, se embriagan, cuentan chismes, y después hacen discursos sobre la necesidad de ayudar a los indios del hemisferio Sur o a las focas del Polo Norte.

Empezó a caminar por el bosque, manteniendo siempre la fogata en su campo de visión. Subió por un camino que rodeaba la piedra y que le permitía ver la escena desde arriba. Pero, incluso vista desde lo alto, era desoladora: Wicca recorriendo los grupos para saber si todo estaba bien, las personas bailando alrededor de la hoguera, algunas parejas en sus primeros besos alcoholizados. Lorens estaba contando algo animado a dos hombres, tal vez hablando de cosas que encajarían muy bien en un encuentro de bar, pero no en una fiesta como aquélla. Un retrasado llegaba a través del bosque; un extraño animado por el barullo, viniendo en busca de un poco de diversión.

El modo de caminar era familiar.

El Mago.

Brida se asustó y empezó a correr por el camino de bajada. Quería encontrarlo antes de que llegase a la fiesta. Necesitaba que él la socorriese como había hecho antes tantas veces. Necesitaba entender el sentido de todo aquello.

«Wicca sabe organizar un *Sabbat*», pensó el Mago, a medida que se aproximaba. Podía ver y sentir la energía de las personas circulando libremente. En esta fase del ritual, el *Sabbat* se parecía a cualquier otra fiesta, era preciso conseguir que todos los invitados comulgasen en una única vibración. En el primer *Sabbat* de su vida, quedó desagradablemente impresionado con todo aquello; recordaba haber llamado a su Maestro a un rincón, para preguntarle qué estaba pasando.

—¿Has estado en alguna fiesta? —le preguntó el Maestro, molesto porque le había interrumpido una animada conversación.

El Mago respondió que sí.

—¿Y qué es lo que hace que una fiesta sea buena?

—Cuando todos se están divirtiendo.

—Los hombres dan fiestas desde los tiempos en que habitaban en las cavernas —respondió el Maestro.

»Son los primeros rituales colectivos de que se tiene noticia, y la Tradición del Sol se encargó de mantener eso vivo hasta hoy. Una buena fiesta limpia las nocivas influencias astrales de la gente que está participando; pero es difícil que suceda, bastan unas pocas personas para estropear la alegría común. Estas personas se juzgan más importantes que las otras, son difíciles de agradar, consideran que están allí perdiendo el tiempo porque no consiguieron comulgar con los otros. Y terminan sufriendo una misteriosa justicia: generalmente salen cargados con las larvas astrales expulsadas de las personas que supieron unirse a los otros.

»Recuerda que el primer camino directo hacia Dios es la oración. El segundo camino directo es la alegría.

Habían pasado muchos años desde aquella conversación con su Maestro. El Mago ya había participado en muchos *Sabbats* desde entonces, y sabía que estaba ante una fiesta ritual, hábilmente organizada; el nivel de energía colectiva crecía a cada instante.

Buscó a Brida con los ojos; había mucha gente, no estaba acostumbrado a las multitudes. Sabía que tenía que participar de la energía colectiva, estaba dispuesto a ello, pero antes necesitaba acostumbrarse un poco. Ella podría ayudarlo. Se sentiría más cómodo en cuanto la encontrase.

Era un Mago. Conocía la visión del punto luminoso. Todo lo que necesitaba hacer era cambiar su estado de conciencia y el punto surgiría, en medio de todas aquellas personas. Había buscado durante años este punto de luz, ahora se encontraba apenas a algunas decenas de metros de él.

El Mago cambió su estado de conciencia. Volvió a mirar la fiesta, esta vez con la percepción alterada, y podía ver las auras de los más diversos colores, todas, no obstante, acercándose al color que debía predominar aquella noche. «Wicca es una gran Maestra, hace todo con mucha rapidez», reflexionó de nuevo. En breve todas las auras, las vibraciones de energía que todas las personas tienen alrededor de su cuerpo físico, estarían en la misma sintonía; y la segunda parte del ritual podría comenzar.

Movió sus ojos de izquierda a derecha y finalmente localizó

el punto de luz. Decidió darle una sorpresa y se aproximó sin hacer ruido.

—Brida —dijo.

Su Otra Parte se giró.

—Se fue a dar una vuelta por ahí —respondió gentilmente.

Durante un momento que pareció eterno, miró al hombre que tenía delante de él.

—Usted debe de ser el Mago de quien Brida me habla tanto —dijo Lorens—. Siéntese con nosotros. Ella llegará en seguida.

Pero Brida ya había llegado. Estaba delante de ambos, con ojos asustados y la respiración entrecortada.

Desde el otro lado de la hoguera, el Mago presintió una mirada. Conocía aquella mirada, una mirada que no podía ver los puntos luminosos, ya que sólo las Otras Partes se identifican entre sí. Pero era una mirada antigua y profunda, una mirada que conocía la Tradición de la Luna y el corazón de mujeres y hombres.

El Mago se giró y se enfrentó a Wicca. Ella sonrió desde el otro lado de la hoguera, en una fracción de segundo, había comprendido todo.

Los ojos de Brida también estaban fijos en el Mago. Brillaban de contento. Él había llegado.

—Quiero que conozcas a Lorens —dijo. La fiesta empezó a ser divertida de repente, no necesitaba más explicaciones.

El Mago aún estaba en un estado alterado de conciencia. Vio el aura de Brida cambiando rápidamente de color, yendo hacia el tono que Wicca había elegido. La chica estaba alegre, contenta porque él había llegado, y cualquier cosa que dijera o hiciese podía estropear su Iniciación aquella noche. Tenía que dominarse a cualquier coste.

—Mucho gusto —le dijo a Lorens—. ¿Qué tal si me ofrece un vaso de vino?

Lorens sonrió y extendió la garrafa.

—Bienvenido al grupo —dijo—. Le gustará la fiesta.

Al otro lado de la hoguera, Wicca desvió los ojos y respiró aliviada, Brida no había percibido nada. Era una buena discípula, no le gustaría alejarla de la Iniciación aquella noche simplemente por no haber conseguido dar el paso más sencillo de todos: participar de la alegría de los otros.

«Él cuidará de sí mismo.» El Mago tenía años de trabajo y disciplina a sus espaldas. Sabría dominar un sentimiento, por lo menos el tiempo suficiente como para colocar otro sentimiento en su lugar. Lo respetaba por su trabajo y obstinación y sentía cierto recelo de su inmenso poder.

Conversó con algunos invitados más, pero no consiguió alejar la sorpresa por lo que acababa de presenciar. Entonces, aquél era el motivo, el motivo por el que había prestado tanta atención a aquella chica que, al fin y al cabo, era una hechicera igual a todas las otras que habían pasado varias encarnaciones aprendiendo la Tradición de la Luna.

Brida era su Otra Parte.

«Mi instinto femenino está funcionando mal.» Había imaginado todo, menos lo más obvio. Se consoló pensando que el resultado de su curiosidad había sido positivo: era el camino escogido por Dios para que reencontrase a su discípula.

El Mago vio a un conocido a lo lejos y se disculpó con el grupo para ir a hablar con él. Brida estaba eufórica, le gustaba tenerlo a su lado, pero pensó que era mejor dejarlo ir. Su instinto femenino le decía que no era aconsejable que él y Lorens se quedasen mucho tiempo juntos, podían hacerse amigos, y cuando dos hombres están enamorados de la misma mujer, es preferible que se odien a que se hagan amigos. Porque, en este caso, terminaría perdiendo a ambos.

Miró a las personas alrededor de la hoguera y deseó bailar también. Invitó a Lorens, él vaciló un segundo, pero acabó aceptando. Las personas giraban y daban palmas, bebían vino y golpeaban con llaves y ramas los botellones vacíos. Siempre que pasaba delante del Mago, él sonreía y levantaba un brindis. Ella estaba en uno de sus mejores días.

Wicca entró en la rueda. Todos estaban relajados y contentos. Los invitados, antes preocupados con lo que irían a contar, asustados con lo que podían ver, ahora se integraban definitivamente al Espíritu de aquella noche. La primavera había llegado, era preciso celebrar, llenar el alma de fe en los días de sol, olvidar lo más rápidamente posible las tardes grises y las noches de soledad dentro de casa.

Las palmas crecían y ahora Wicca dirigía el ritmo. Era sincopado, constante, todos con los ojos fijos en la hoguera. Nadie sentía ya frío, parecía que el verano ya estaba allí. Las personas en torno de la hoguera empezaron a sacarse los suéters.

—¡Vamos a cantar! —dijo Wicca. Repitió algunas veces una música simple, compuesta de sólo dos estrofas; al poco tiempo estaban todos cantando con ella. Pocas personas sabían que se trataba de un *mantra* de hechiceras, donde lo importante era el sonido de las palabras y no su significado. Era un sonido de unión con los Dones, y aquellos que tenían la visión mágica —como el Mago y otros Maestros presentes— podían ver las fibras luminosas de varias personas uniéndose.

Lorens se cansó de bailar y fue a ayudar a los «músicos» con sus garrafas. Otros fueron apartándose de la hoguera, algunos porque estaban cansados, otros porque Wicca les pedía que ayudaran a marcar el ritmo. Sin que nadie —excepto los Iniciados— se diese cuenta de lo que estaba sucediendo, la fiesta comenzaba a penetrar en territorio sagrado. En poco tiempo quedaron en torno a la fogata solamente las mujeres de la Tradición de la Luna y las hechiceras que iban a ser iniciadas.

Incluso los discípulos de Wicca habían dejado de bailar; existía otro ritual, otra fecha para la Iniciación de los hombres. En aquel momento, lo que rodaba en el plano astral directamente encima de la hoguera era la energía femenina, la energía de la transformación. Así había sido desde los tiempos remotos.

Brida empezó a sentir mucho calor. No podía ser el vino, porque había bebido poco. Seguramente serían las llamas de la hoguera. Tuvo unas ganas inmensas de sacarse la blusa, pero le daba vergüenza, una vergüenza que iba perdiendo el sentido a medida que cantaba aquella música simple, daba palmas y bailaba alrededor del fuego. Sus ojos ahora estaban fijos en la llama y el mundo parecía cada vez menos importante, una sensación muy parecida a la que sintió cuando las cartas del *tarot* se revelaron por primera vez.

«Estoy entrando en un trance —pensaba—. Bueno, ¿y qué?; la fiesta está animada.»

«Qué música tan extraña», se decía Lorens a sí mismo mientras mantenía el ritmo en el botellón. Su oído, entrenado para escuchar al propio cuerpo, estaba percibiendo que el ritmo de las palmas y el son de las palabras vibraban exactamente en el centro del pecho, como cuando oía los tambores más graves en un concierto de música clásica. Lo curioso es que el ritmo parecía también estar definiendo los latidos de su corazón.

A medida que Wicca iba acelerando, su corazón también se iba acelerando. Aquello debía estarle pasando a todo el mundo.

«Estoy recibiendo más sangre en el cerebro», explicaba su

pensamiento científico. Pero estaba en un ritual de brujas y no era hora de pensar en esto; podía hablar con Brida después.

—¡Estoy en una fiesta y sólo quiero divertirme! —dijo en voz alta. Alguien a su lado concordó con él y las palmas de Wicca aumentaron el ritmo un poco más.

«Soy libre. Siento orgullo de mi cuerpo, porque es la manifestación de Dios en el mundo visible.» El calor de la hoguera estaba insoportable. El mundo parecía distante, y ella no quería preocuparse más por cosas superficiales. Estaba viva, la sangre corriendo por sus venas, completamente entregada a su búsqueda. Danzar en torno de aquella hoguera no era nuevo para ella, porque aquellas palmas, aquella música, aquel ritmo despertaban de nuevo recuerdos adormecidos, de épocas en las que era Maestra de la Sabiduría del Tiempo. No estaba sola, porque aquella fiesta era un reencuentro, un reencuentro consigo misma y con la Tradición que había cargado a través de muchas vidas. Sintió un profundo respeto por sí misma.

Estaba otra vez en un cuerpo, y era un bello cuerpo, que luchó durante millones de años para sobrevivir en un mundo hostil. Habitó el mar, se arrastró hacia la tierra, se subió a los árboles, caminó con los cuatro miembros y ahora pisaba, orgullosamente, con los dos pies en la tierra. Aquel cuerpo merecía respeto por su lucha durante tanto tiempo. No existían cuerpos bellos o cuerpos feos, porque todos habían hecho la misma trayectoria, todos eran la parte visible del alma que los habitaba.

Sentía orgullo, un profundo orgullo de su cuerpo.

Se sacó la blusa.

No llevaba sostén, pero eso no importaba. Sentía orgullo de

su cuerpo y nadie podía reprobarla a causa de ello; aunque tuviese setenta años, continuaría teniendo orgullo de su cuerpo, ya que era a través de él como el alma podía realizar sus obras.

Las otras mujeres en torno de la hoguera hacían lo mismo; esto tampoco importaba.

Se desabrochó el cinturón y quedó completamente desnuda. En este momento tuvo una de las más completas sensaciones de libertad de toda su vida. Porque no estaba haciendo esto por ninguna razón. Lo hacía porque la desnudez era la única manera de mostrar lo libre que estaba su alma en aquel momento. No importaba que otras personas estuviesen presentes, vestidas y mirando, todo lo que quería es que ellas sintiesen por sus cuerpos lo que ella estaba sintiendo ahora por el suyo. Podía bailar libremente y nada más impedía sus movimientos. Cada átomo de su cuerpo estaba tocando al aire, y el aire era generoso, traía desde muy lejos secretos y perfumes, para que la tocasen de la cabeza a los pies.

Los hombres y los invitados que golpeaban los botellones notaron que las mujeres en torno a la hoguera estaban desnudas. Dieron palmadas, se cogían de las manos, y ora cantaban en un tono suave, ora en un tono frenético. Nadie sabía quién estaba dictando aquel ritmo, si eran los botellones, si eran las palmadas, si era la música. Todos parecían conscientes de lo que estaba sucediendo, pero si alguien se hubiera atrevido a intentar salir del ritmo en aquel momento, no lo hubiera logrado. Uno de los mayores problemas de la Maestra, a aquella altura del ritual, era no dejar que las personas percibieran que estaban en trance. Tenían que tener la impresión de controlarse a sí mismas, aun cuando no se controlasen. Wicca no estaba violentando la única Ley que la Tradición castigaba con excepcional severidad: interferir en la voluntad de los otros.

Porque todos los que estaban allí sabían que estaban en un *Sabbat* de hechiceras, y para las hechiceras, la vida es comunión con el Universo.

Más tarde, cuando esta noche fuese apenas un recuerdo, ninguna de aquellas personas comentaría lo que vio. No había ninguna prohibición al respecto, pero quien estaba allí sentía la presencia de una fuerza poderosa, una fuerza misteriosa y sagrada, intensa e implacable, que ningún ser humano osaría desafiar.

—¡Girad! —dijo la única mujer vestida con un traje negro que llegaba hasta sus pies. Todas las otras, desnudas, danzaban, daban palmas y ahora giraban sobre sí mismas.

Un hombre colocó al lado de Wicca una pila de vestidos. Tres de ellos serían utilizados por primera vez, dos de los cuales presentaban grandes semejanzas de estilo. Eran personas con el mismo Don, el Don se materializaba en la manera de soñar la ropa.

Ya no necesitaba dar palmas, las personas continuaban actuando como si ella aún dirigiese el ritmo.

Se arrodilló, colocó los dos pulgares sobre su cabeza y comenzó a trabajar el Poder.

El Poder de la Tradición de la Luna, la Sabiduría del Tiempo, estaba allí. Era un poder peligrosísimo, que las hechiceras sólo conseguían invocar una vez que se convertían en Maestras. Wicca sabía cómo manejarlo, pero, aun así, pidió protección a su Maestro.

En aquel poder habitaba la Sabiduría del Tiempo. Allí estaba la Serpiente, sabia y dominadora. Sólo la Virgen, manteniendo a la serpiente bajo su talón, podía subyugarla. Así, Wicca rezó también a la Virgen María, pidiéndole la pureza de alma, la firmeza de la mano y la protección de su manto para que pudiese bajar aquel Poder hasta las mujeres que estaban frente a ella, sin que éste sedujese o dominase a ninguna de ellas.

Con el rostro dirigido hacia el cielo, la voz firme y segura, recitó las palabras del apóstol san Pablo:

Si alguien destruye el templo de Dios
Dios lo destruirá.
Pues el templo de Dios es santo, y este templo sois vos.
Nadie se ilusione:
Si alguno, entre vosotros, juzga ser sabio a los ojos de este mundo, vuélvase loco para ser sabio;
pues la sabiduría de este mundo es locura ante Dios.
En efecto, está escrito: «Él atrapa a los sabios en su propia astucia.»
Por consiguiente, que nadie busque en los hombres motivos de orgullo
pues todo pertenece a vos.

Con algunos movimientos de mano, Wicca disminuyó el ritmo de las palmadas. Los botellones sonaron más lentamente y las mujeres comenzaron a girar a velocidad cada vez menor. Wicca mantenía al Poder bajo control, y toda la orquesta tenía que funcionar bien, desde la más estridente trompa hasta el violín más suave. Para ello, necesitaba la ayuda del Poder, sin, no obstante, entregarse a él.

Palmeó y emitió los sonidos necesarios. Lentamente las personas pararon de tocar y de bailar. Las hechiceras se aproximaron a Wicca y cogieron sus vestidos, sólo tres mujeres permanecieron desnudas. En aquel momento, se completaba una hora y veintiocho minutos de sonido continuo, y el estado de conciencia de todos los presentes estaba alterado, sin que ninguno de ellos, excepto las tres mujeres desnudas, hubiese perdido la noción de dónde estaban y de lo que estaban haciendo.

Las tres mujeres desnudas, sin embargo, se encontraban completamente en trance. Wicca extendió su daga ritual hacia delante y dirigió toda la energía concentrada hacia ellas.

Sus Dones se presentarían en pocos instantes. Ésta era la forma de servir al mundo, después de atravesar largos y tortuosos caminos, llegar hasta allí. El mundo las había probado de

todas las maneras posibles; eran dignas de lo que habían con-
quistado. En la vida diaria continuarían con sus debilidades,
con sus resentimientos, con sus pequeñas bondades y pequeñas
crueldades. Continuarían con la agonía y el éxtasis, como todo
el mundo que participa en un mundo todavía en transformación. Pero en su debido momento aprenderían que cada ser
humano tiene, dentro de sí, algo mucho más importante que él
mismo: su Don. Pues en las manos de cada persona Dios colocó un Don, el instrumento que él usaba para manifestarse al
mundo y ayudar a la Humanidad. Dios había escogido al propio ser humano como Su brazo en la Tierra.

Algunos entendían su Don por la Tradición del Sol, otros
por la Tradición de la Luna. Pero todos terminaban aprendiendo aunque tuvieran que pasar algunas encarnaciones intentán-
dolo.

Wicca se situó ante una gran piedra, colocada allí por sacerdotes celtas. Las hechiceras, con sus ropas negras, formaron un semicírculo a su alrededor.

Miró a las tres mujeres desnudas. Tenían los ojos brillantes.

—Venid aquí.

Las mujeres se aproximaron hasta el centro del semicírculo. Wicca entonces les pidió que se acostaran con la frente tocando el suelo y los brazos abiertos en forma de cruz.

El Mago vio a Brida tumbándose en el suelo. Intentó fijarse solamente en su aura, pero era un hombre, y un hombre mira al cuerpo de una mujer.

No quería recordar. No quería saber si estaba sufriendo o no. Tenía conciencia de apenas una cosa, que la misión de su Otra Parte ante él estaba cumplida.

«Lástima haber estado tan poco con ella.» Pero no podía pensar así. En algún lugar del Tiempo compartieron el mismo cuerpo, sufrieron los mismos dolores y fueron felices con las mismas alegrías. Estuvieron juntos en la misma persona, quién sabe si caminando por un bosque semejante a éste, mirando una noche donde las mismas estrellas brillaban en el cielo. Se rió de su Maestro, que le había hecho pasar tanto tiempo en el bosque, solamente para que pudiera entender su encuentro con la Otra Parte.

Así era la Tradición del Sol, obligando a cada uno a aprender aquello que precisaba y no sólo aquello que quería. Su corazón de hombre iba a llorar mucho tiempo, pero su corazón de Mago exultaba de alegría y agradecía el bosque.

Wicca miró a las tres mujeres echadas a sus pies y dio gracias a Dios por poder continuar el mismo trabajo por tantas vidas; la Tradición de la Luna era inagotable. El claro del bosque había sido consagrado por sacerdotes celtas en un tiempo ya olvidado y de sus rituales había sobrado poca cosa como, por ejemplo, la piedra que estaba ahora a sus espaldas. Era una piedra inmensa, imposible de ser transportada por manos humanas, pero los Antiguos sabían cómo moverla a través de la magia. Construyeron pirámides, observatorios celestes, ciudades en montañas de América del Sur, utilizando apenas las fuerzas que la Tradición de la Luna conocía. Tal conocimiento ya no era necesario al hombre y fue apagado en el Tiempo para que no se volviese destructor. Aun así, a Wicca le hubiera gustado saber, sólo por curiosidad, cómo habían hecho aquello.

Algunos espíritus celtas estaban presentes y ella los saludó. Eran Maestros, que no se reencarnaban más, y que formaban parte del gobierno secreto de la Tierra; sin ellos, sin la fuerza de su sabiduría, el planeta ya estaría desgobernado hace mucho tiempo. Los Maestros celtas flotaban en el aire, encima de los árboles que quedaban a la izquierda del claro, con el cuerpo astral envuelto en una intensa luz blanca. A través de los siglos ellos iban allí todos los Equinoccios, para saber si la Tradición aún se mantenía. Sí, decía Wicca con cierto orgullo, los

Equinoccios continuaban siendo celebrados incluso después de que toda la cultura celta fuera borrada de la historia oficial del mundo. Porque nadie consigue apagar la Tradición de la Luna, excepto la Mano de Dios.

Permaneció algún tiempo prestando atención a los sacerdotes. ¿Qué pensarían ellos de los hombres de hoy? ¿Sentirían nostalgia del tiempo en que frecuentaban aquel lugar, cuando el contacto con Dios parecía más simple y más directo? Wicca creía que no, y su instinto lo confirmaba. Eran los sentimientos humanos los que construían el jardín de Dios, y para esto era necesario que viviesen mucho, en muchas épocas, en muchas costumbres diferentes. Al igual que el resto del Universo, también el hombre seguía su camino de evolución, y cada día estaba mejor que el día anterior; aun cuando olvidara las lecciones de la víspera, aun cuando no aprovechase aquello que aprendió, aunque protestase, diciendo que la vida era injusta.

Porque el Reino de los Cielos es semejante a una semilla que un hombre planta en el campo; él se duerme y se despierta, de día y de noche, y la simiente crece sin que él sepa cómo. Estas lecciones quedaban grabadas en el Alma del Mundo y beneficiaban a toda la Humanidad. Lo importante era que continuasen existiendo personas como las que estaban allí aquella noche, personas que no tenían miedo de la Noche Oscura del Alma, como decía el viejo y sabio san Juan de la Cruz. Cada paso, cada acto de fe, rescataba de nuevo a toda la raza humana. Mientras hubiese personas que supiesen que toda la sabiduría del hombre era locura ante Dios, el mundo continuaría su camino de luz.

Se sintió orgullosa de sus discípulas y de sus discípulos, capaces de sacrificar la comodidad de un mundo ya explicado por el desafío de descubrir un mundo nuevo.

Volvió a mirar a las tres mujeres desnudas, echadas en el suelo con los brazos abiertos y procuró vestirlas nuevamente con el color del aura que emanaban. Ellas ahora caminaban por el Tiempo y se encontraban con muchas Otras Partes perdidas. Aquellas tres mujeres iban a sumergirse, a partir de esta noche, en la misión que las esperaba desde que nacieron. Una de ellas debía tener más de sesenta años; la edad no tenía la menor importancia. Lo importante era que finalmente estaban ante el destino que pacientemente las aguardaba, y a partir de aquella noche iban a utilizar los Dones para evitar que plantas importantes del jardín de Dios fuesen destruidas. Cada una de aquellas personas llegó hasta allí por motivos diferentes; una desilusión amorosa, el cansancio de la rutina, la búsqueda del Poder. Habían enfrentado el miedo, la pereza y las muchas decepciones de quien sigue el camino de la magia. Pero el hecho es que llegaron exactamente donde tenían que llegar, porque la Mano de Dios siempre guía a aquel que sigue su camino con fe.

«La Tradición de la Luna es fascinante, con sus Maestros y sus rituales. Pero existe otra Tradición», pensó el Mago, con los ojos fijos en Brida, y con una cierta envidia de Wicca, que iba a estar cerca de ella durante mucho tiempo. Mucho más difícil, porque era más sencillo y las cosas sencillas siempre parecen demasiado complicadas. Sus Maestros estaban en el mundo y no siempre sabían la grandeza de aquello que enseñaban, porque enseñaban por un impulso que generalmente parecía absurdo. Eran carpinteros, poetas, matemáticos, gente de todas las profesiones y hábitos, que vivían en todos los lugares del planeta. Gente que en algún instante sintió necesidad de hablar con alguien, de explicar un sentimiento que no comprendía bien, pero que era imposible guardar para sí mismo y ésta era la manera que la Tradición del Sol utilizaba para que su sabiduría no se perdiese. El impulso de la Creación.

Dondequiera que el hombre pusiese sus pies, había siempre un vestigio de la Tradición del Sol. A veces una escultura, a veces una mesa, otras los fragmentos de un poema transmitido de generación en generación por un pueblo determinado. Las personas a través de las cuales la Tradición del Sol hablaba eran personas iguales a todas las otras, y que cierta mañana –o cierta tarde– miraron el mundo y comprendieron la presencia de algo superior. Se habían zambullido sin querer en un mar desconocido y la mayor parte de las veces rehusaban volver allí de nuevo. Todas las personas vivas poseían, por lo menos una vez en cada encarnación, el secreto del Universo.

Se zambullían sin querer en la Noche Oscura. La pena es que casi siempre les faltaba confianza en sí mismas y no querían volver. Y el Sagrado Corazón, que alimentaba al mundo con su amor, su paz, y su entrega completa se veía otra vez rodeado de espinas.

Wicca se sentía agradecida por ser una Maestra de la Tradición de la Luna. Todas las personas que se acercaban a ella querían aprender, mientras que, en la Tradición del Sol, la mayor parte siempre quería huir de lo que la vida les estaba enseñando.

«Esto ya no tiene importancia», pensó Wicca. Porque el tiempo de los milagros estaba retornando una vez más, y nadie podía quedar ajeno a los cambios que el mundo empezaba a experimentar a partir de ahora. En pocos años la fuerza de la Tradición del Sol iba a manifestarse con toda su luz. Todas las personas que no siguiesen su camino empezarían a sentirse insatisfechas consigo mismas, serían forzadas a escoger.

O a aceptar una existencia rodeada de desilusión y dolor, o entender que todo el mundo nació para ser feliz. Después de realizada la elección, no habría más posibilidad de cambiar; y la gran lucha, la *Jihad*, sería trabada.

Con un movimiento perfecto de mano, Wicca trazó un círculo en el aire usando la daga. Dentro del círculo invisible dibujó la estrella de cinco puntas que los brujos llaman Pentagrama. El pentagrama era el símbolo de los elementos que actuaban en el hombre y, a través de él, las mujeres tumbadas en el suelo entrarían ahora en contacto con el mundo de la luz.

—Cerrad los ojos —dijo Wicca.

Las tres mujeres obedecieron.

Wicca hizo los pasos rituales con la daga, en la cabeza de cada una de ellas.

—Ahora abrid los ojos de vuestras almas.

Brida los abrió. Estaba en un desierto y el lugar le parecía muy familiar.

Se acordó de que ya había estado allí antes. Con el Mago.

Lo buscó con los ojos, pero no conseguía encontrarlo. Sin embargo, no tenía miedo; se sentía tranquila y feliz. Sabía quién era, la ciudad donde vivía, sabía que en otro lugar del tiempo estaba teniendo lugar una fiesta. Pero nada de eso tenía importancia, porque el paisaje que se le ofrecía era todavía más bonito: las arenas, montañas al fondo y una enorme piedra delante de ella.

—Bienvenida —dijo una voz.

A su lado estaba un señor, con ropas parecidas a las que vestían sus abuelos.

—Soy el Maestro de Wicca. Cuando tú llegues a ser Maestra, tus discípulas vendrán a encontrar a Wicca aquí. Y así en lo sucesivo, hasta que el Alma del Mundo consiga manifestarse.

—Estoy en un ritual de brujas —dijo Brida—. En un *Sabbat*. El Maestro rió.

—Has enfrentado tu Camino. Pocas personas tienen el valor de hacerlo. Prefieren seguir un camino que no es el de ellas.

»Todas poseen su Don y no lo quieren ver. Tú lo aceptaste, tu encuentro con el Don es tu encuentro con el Mundo.

—¿Por qué necesito esto?

—Para construir el jardín de Dios.

—Tengo una vida por delante —dijo Brida—. Quiero vivirla como todas las personas la viven. Quiero poder equivocarme. Quiero poder ser egoísta. Tener fallos, ¿me entiende?

El Maestro sonrió. De su mano derecha surgió un manto azul.

—No existe otra forma de estar cerca de las personas sin ser una de ellas.

El escenario a su regreso cambió. Ya no estaba en el desierto, sino en una especie de líquido, donde varias cosas extrañas nadaban.

—Así es la vida —dijo el Maestro—. Equivocarse. Las células se reproducían exactamente igual durante millones de años hasta que una de ellas erraba. Y, a causa de esto, algo era capaz de cambiar en aquella repetición inacabable.

Brida miraba, deslumbrada, el mar. No preguntaba cómo era capaz de respirar allí dentro. Todo lo que conseguía oír era la voz del Maestro, todo lo que conseguía recordar era un viaje muy parecido, que había comenzado en un campo de trigo.

—Fue el error lo que colocó al mundo en marcha —dijo el Maestro—. Jamás tengas miedo de errar.

—Pero Adán y Eva fueron expulsados del Paraíso.

—Y volverán un día. Conociendo el milagro de los cielos y de los mundos. Dios sabía lo que estaba haciendo cuando llamó la atención de ambos hacia el árbol del Bien y del Mal.

»Si no hubiera querido que los dos comiesen, no habría dicho nada.

—Entonces, ¿por qué lo dijo?

—Para colocar al Universo en movimiento.

El escenario cambió otra vez al desierto con la piedra. Era por la mañana y una luz rosada comenzaba a inundar el horizonte. El Maestro se aproximó a ella con el manto.

—Yo te consagro en este momento. Tu Don es el instrumento de Dios. Que consigas ser una buena herramienta.

Wicca levantó con las dos manos el vestido de la más joven de las tres mujeres. Hizo un ofrecimiento simbólico a los sacerdotes celtas que asistían a todo, flotando con sus cuerpos astrales sobre los árboles. Después se volvió hacia la joven.

—Levántate —dijo.

Brida se levantó. En su cuerpo desnudo danzaban las sombras de la hoguera. Algún día, otro cuerpo había sido consumido por estas mismas llamas. Pero ese tiempo había terminado.

—Levanta los brazos.

Ella los levantó. Wicca la vistió.

—Estaba desnuda —le dijo al Maestro, cuando él terminó de colocarle el manto azul—. Y no tenía vergüenza.

—Si no fuese por la vergüenza, Dios no habría descubierto que Adán y Eva comieron la manzana.

El Maestro miraba el nacimiento del sol. Parecía distraído pero no lo estaba. Brida lo sabía.

—Jamás tengas vergüenza —continuó él—. Acepta lo que la vida te ofrece y procura beber de las copas que tienes delante. Todos los vinos deben ser bebidos, algunos, apenas un trago; otros, la botella entera.

—¿Cómo puedo distinguir esto?

—Por el sabor. Sólo conoce el vino bueno quien probó el vino amargo.

Wicca giró a Brida y la colocó de cara a la hoguera, mientras pasaba a la Iniciada siguiente. El fuego captaba la energía de su Don, para que pudiese manifestarse definitivamente en ella. En aquel momento, Brida debía de estar asistiendo al nacimiento de un sol. Un sol que pasaría a iluminar el resto de su vida.

—Ahora tienes que irte —dijo el Maestro, en cuanto el sol terminó de nacer.

—No tengo miedo de mi Don —respondió Brida—. Sé hacia dónde voy, sé lo que tengo que hacer. Sé que alguien me ayudó.

»Ya estuve aquí antes. Había personas que danzaban, y un templo secreto de la Tradición de la Luna.

El Maestro no dijo nada. Se giró hacia ella e hizo una señal con la mano derecha.

—Has sido aceptada. Que tu camino sea de Paz, en los momentos de Paz. Y de Combate, en los momentos de Combate. Jamás confundas un momento con otro.

La figura del Maestro comenzó a disolverse junto con el desierto y con la piedra. Quedó sólo el sol, pero el sol comenzó a confundirse con el propio cielo. Poco a poco el cielo se oscureció y el sol se parecía mucho a las llamas de una hoguera.

Había regresado. Se acordaba de todo: los ruidos, las palmas, la danza, el trance. Se acordaba de haberse quitado la ropa delante de todas aquellas personas y ahora sentía una cierta turbación. Procuró dominar la vergüenza, el miedo, la ansiedad; ellos la acompañarían siempre y tenía que acostumbrarse.

Wicca pidió que las tres iniciadas se colocaran justo en el centro del semicírculo formado por las mujeres. Las hechiceras se dieron las manos y cerraron la rueda.

Cantaron músicas que nadie más osó acompañar; el sonido fluía de labios casi cerrados, creando una vibración extraña, que se tornaba cada vez más aguda, hasta parecer el grito de un pájaro loco. En el futuro también ella sabría cómo pronunciar estos sonidos. Aprendería muchas más cosas, hasta llegar a ser también una Maestra. Entonces, otras mujeres y hombres serían iniciados por ella en la Tradición de la Luna.

Todo esto, no obstante, llegaría a su debido tiempo. Tenía todo el tiempo del mundo, ahora que había reencontrado su destino, tenía a alguien para ayudarla. La Eternidad era suya.

Todas las personas aparecían con colores extraños a su alrededor y Brida quedó un poco desorientada. Prefería el mundo como era antes.

Las hechiceras terminaron de cantar.

—La Iniciación de la Luna está hecha y consumada —dijo

Wicca–. El mundo ahora es el campo y vosotras cuidaréis de que la cosecha sea fértil.

—Tengo una sensación extraña —dijo una de las Iniciadas–. No consigo ver bien.

—Vosotras estáis viendo el campo de energía que rodea a las personas, el aura, como nosotras la llamamos. Éste es el primer paso en el mundo de los Grandes Misterios. Esta sensación pasará dentro de poco y más tarde ya os enseñaré cómo despertarla de nuevo.

Con un gesto rápido y ágil, tiró su daga ritual al suelo. La daga se clavó en la tierra, el extremo aún balanceándose por la fuerza del impacto.

—La ceremonia ha terminado —dijo.

Brida se dirigió hacia Lorens. Los ojos de él brillaban, y ella sentía todo su orgullo y su amor. Podían crecer juntos, crear juntos una nueva forma de vida, descubrir todo el Universo que se ofrecía ante ellos, esperando a personas con un poco de valentía.

Pero había otro hombre. Mientras conversaba con el Maestro, había hecho su elección. Porque este otro hombre sabría cómo tomar su mano en momentos difíciles y conducirla con experiencia y amor a través de la Noche Oscura de la Fe. Aprendería a amarlo, y su amor sería tan grande como su respeto hacia él. Ambos caminaban por la misma senda del conocimiento, gracias a él había llegado hasta allí. Con él terminaría por aprender, un día, la Tradición del Sol.

Ahora sabía que era una bruja. Había aprendido durante muchos siglos el arte de la hechicería y estaba de vuelta en su lugar. La sabiduría era, a partir de esta noche, lo más importante de su vida.

—Podemos irnos —le dijo a Lorens, en cuanto se acercó. Él miraba con admiración a la mujer vestida de negro que tenía delante; Brida, no obstante, sabía que el Mago la estaba viendo vestida de azul.

Extendió la mochila con sus otras ropas.

—Ve tú delante, a ver si encuentras a alguien que nos lleve. Tengo que hablar con una persona.

Lorens cogió la mochila. Pero tan sólo dio algunos pasos en dirección al camino que cruzaba el bosque. El ritual había terminado y estaban otra vez en el mundo de los hombres, con sus amores, sus celos y sus guerras de conquista.

El miedo también había vuelto. Brida estaba rara.

—No sé si existe Dios —dijo a los árboles que lo rodeaban—. Y no puedo pensar en eso ahora, porque también enfrento el misterio.

Sintió que hablaba de una manera diferente, con una seguridad extraña, que nunca había creído poseer. Pero, en aquel momento, creyó que los árboles lo estaban escuchando.

«Quizá las personas de aquí no me entiendan, quizá desprecien mis esfuerzos, pero sé que tengo tanto valor como ellas porque busco a Dios sin creer en él.»

«Si él existe, él es el Dios de los Valientes.»

Lorens notó que sus manos temblaban un poco. La noche había pasado sin que pudiese comprender nada. Percibía que había entrado en un trance, y esto era todo. Pero el temblor de sus manos no era debido a esta inmersión en la Noche Oscura a la que Brida acostumbraba a referirse.

Miró hacia el cielo, aún repleto de nubes bajas. Dios era el Dios de los Valientes. Y sabría entenderlo, porque son valientes aquellos que toman decisiones con miedo. Que son atormentados por el demonio a cada paso del camino, que se angustian con todo lo que hacen, preguntando si están equivocados o no.

Y aun así, actúan. Actúan porque también creen en milagros como las hechiceras que bailaban, aquella noche, en torno a la hoguera.

Dios podía estar intentando volver a él a través de aquella mujer, que ahora se alejaba en dirección a otro hombre. Si ella se fuese, tal vez Él se alejaría para siempre. Ella era su oportunidad, porque sabía que la mejor manera de sumergirse en Dios era por medio del amor. No quería perder la oportunidad de recuperarlo.

Respiró hondo, sintiendo el aire puro y frío del bosque y se hizo a sí mismo una promesa sagrada.

Dios era el Dios de los valientes.

Brida caminó en dirección al Mago. Los dos se encontraron cerca de la hoguera. Las palabras eran difíciles.

Fue ella quien rompió el silencio.

—Llevamos el mismo camino.

Él asintió con la cabeza.

—Entonces vamos a seguirlo juntos.

—Pero tú no me amas —dijo el Mago.

—Sí te amo. Aún no conozco mi amor por ti, pero te amo. Tú eres mi Otra Parte.

La mirada del Mago, sin embargo, estaba distante.

Se acordaba de la Tradición del Sol, y una de las más importantes lecciones de la Tradición del Sol era el Amor. El amor era el único puente entre lo invisible y lo visible que todas las personas conocían. Era el único lenguaje eficiente para traducir las lecciones que el Universo enseñaba todos los días a los seres humanos.

—No me voy —dijo ella—. Me quedo contigo.

—Tu enamorado te está esperando —respondió el Mago—. Yo bendeciré vuestro amor.

Brida lo miró sin entender.

—Nadie puede poseer una salida de sol como aquella que vimos una tarde —continuó—. Así como nadie puede poseer una tarde con la lluvia golpeando las ventanas, o la serenidad que un niño durmiendo derrama alrededor, o el momento mágico de las olas rompiendo en las rocas. Nadie puede poseer lo más bello que existe en la Tierra, pero podemos conocer y amar. A través de estos momentos, Dios se muestra a los hombres.

»No somos dueños del sol, ni de la tarde, ni de las olas, ni siquiera de la visión de Dios, porque no podemos poseernos a nosotros mismos.

El Mago extendió la mano hacia Brida y le entregó una flor.

—Cuando nos conocimos, y parece que yo siempre te conocí, porque no consigo recordar cómo era el mundo antes, te mostré la Noche Oscura. Quería ver cómo enfrentabas tus propios límites. Ya sabía que estaba delante de mi Otra Parte, y esta Otra Parte iba a enseñarme todo lo que yo necesitaba aprender, éste fue el motivo por el que Dios dividió al hombre y a la mujer.

Brida tocaba la flor. Era la primera flor que veía en muchos meses. La primavera había llegado.

—Las personas dan flores de regalo porque en las flores está el verdadero sentido del Amor. Quien intente poseer una flor, verá marchitarse su belleza. Pero quien se limite a mirar a una flor en un campo, permanecerá para siempre con ella. Porque ella combina con la tarde, con la puesta de sol, con el olor de tierra mojada y con las nubes en el horizonte.

Brida miraba a la flor. El Mago volvió a cogerla y la devolvió al bosque.

Los ojos de Brida se llenaron de lágrimas. Estaba orgullosa de su Otra Parte.

—El bosque me enseñó esto: que tú nunca serás mía y por eso te tendré para siempre. Tú fuiste la esperanza de mis días de soledad, la angustia de mis momentos de duda, la certeza de mis instantes de fe.

»Porque sabía que mi Otra Parte iba a llegar un día, me dediqué a aprender la Tradición del Sol. Sólo por tener la certeza de tu existencia, es por lo que continué existiendo.

Brida no conseguía reprimir las lágrimas.

—Entonces tú llegaste y entendí todo esto. Llegaste para liberarme de la esclavitud que yo mismo me había creado, para decirme que estaba libre, que podía volver al mundo y a las cosas del mundo. Yo entendí todo lo que necesitaba saber y te amo más que a todas las mujeres que conocí en mi vida, más de lo que amé a la mujer que me desvió, sin querer, hacia el bosque. Me acordaré siempre de que el amor es la libertad. Ésta fue la lección que tardé tantos años en aprender.

»Ésta fue la lección que me exilió, y que ahora me libera.

Las llamas crepitaban en la hoguera, y los pocos invitados que quedaban comenzaban a despedirse. Pero Brida no escuchaba nada de lo que estaba pasando.

—¡Brida! —oyó una voz distante.

—Él te está mirando, muchacha —dijo el Mago. Era la frase de una vieja película que había visto. Se sentía alegre, porque había girado otra página importante de la Tradición del Sol. Sintió la presencia de su Maestro, él había escogido también esta noche para su nueva Iniciación.

»Me acordaré toda la vida de ti, y tú de mí. Así como nos acordaremos del atardecer, de las ventanas con lluvia, de las cosas que tendremos siempre porque no podemos poseerlas.

—¡Brida! —volvió a llamar Lorens.

—Ve en paz —dijo el Mago— y seca esas lágrimas. O di que se deben a las cenizas de la hoguera.

»No me olvides nunca.

Sabía que no necesitaba decir aquello. Pero, de todas formas, lo dijo.

Wicca reparó en que tres personas habían olvidado sus botellones vacíos. Tenía que telefonearles y pedir que vinieran a buscarlos.

—Dentro de poco se apagará el fuego —dijo.

Él continuó en silencio. Aún había llamas en la hoguera, y tenía los ojos fijos en ellas.

—No me arrepiento de haber estado un día enamorada de ti —continuó Wicca.

—Ni yo —respondió el Mago.

Ella tuvo unas ganas tremendas de hablar sobre la muchacha. Pero permaneció callada. Los ojos del hombre que tenía a su lado inspiraban respeto y sabiduría.

—Qué lástima que yo no sea tu Otra Parte.

—Ella retomó el tema—. Habríamos sido una gran pareja.

Pero el Mago no escuchaba lo que Wicca estaba diciendo. Había un mundo inmenso delante de él y muchas cosas por hacer. Era necesario ayudar a construir el jardín de Dios, era necesario enseñar a las personas a aprender por sí mismas. Iba a encontrar a otras mujeres, enamorarse y vivir intensamente esta encarnación. Aquella noche completaba una etapa en su existencia, y una nueva Noche Oscura se extendía ante él. Pero iba a ser una fase más divertida, más alegre y más cercana a todo aquello que había soñado. Lo sabía gracias a las flores, a los bosques, a las chicas que llegan un día dirigidas por la mano de Dios, sin saber que están allí para conseguir que se cumpla el destino. Lo sabía gracias a la Tradición de la Luna y a la Tradición del Sol.

Índice